ESPURNA
bromera

ESPURNA

ÚLTIMS TÍTOLS PUBLICATS

www.bromera.com
Coberta: *Enric Solbes*
Impressió: *Romanyà - Valls*

1a edició: *març, 1996*
13a edició: *març, 2009*
ISBN: *978-84-7660-256-0*
DL: *B-7650-2009*

L'estranya mort de Berta

Joan Pla

Espurna

bromera

I
L'estrany assassinat de Berta

—T'espere al meu aniversari, Ferran —l'havia invitat Teresa. Era el seu divuité aniversari i pensava fer una festa ben sonada al seu elegant xalet.

A Ferran no li abellia assistir-hi. Es trobava confós i abatut a causa de l'estrany i incomprensible comportament que Berta mostrava d'unes setmanes ençà. Va saber, però, que ella hi pensava anar, i decidí acudir-hi.

Feia dos mesos i mig que Ferran i Berta havien fet l'amor per primera vegada a casa d'ella, aprofitant el cap de setmana en què els seus pares eren de viatge. Era de nit. Tota la pell morena del sol de l'estiu, de Berta, a la llum de la lluna i de les estrelles, que els espiaven a través de la finestra oberta. Tota la pell colrada de sol, de Ferran, que havia practicat el windsurf cada dia d'estiu en què bufava la brisa. Rialles, actituds maldestres per banda de tots dos, rubors. Era mitjan agost, una nit encara calorosa. Què importava la calor, amb els cossos entregats i la ferma voluntat d'un amor etern...

Fins que tot acabà feliçment. La suor apegalosa cobria els seus cossos morens, i els cors es calmaren a poc a poc, fins que es van adormir.

A partir d'aquella nit el seu amor es refermà i seguiren unes setmanes de felicitat. La platja, als matins; llargues passejades pels carrers més cèntrics, al capvespre; música discotequera, a les nits... Tot un ritual d'amor acabat d'estrenar. Fins que, unilateralment per part de Berta, i inexplicablement per a Ferran, ella trencà les relacions. Berta el deixava plantat davant els amics o els companys de classe cada vegada que ell s'hi acostava, sense donar-li la més mínima explicació. «Fuig, fuig», cridava. I això era el que li dolia.

Ferran intentava recordar quina havia estat la causa que havia motivat aquella actitud, però no ho aconseguia. No recordava cap gest ofensiu, cap paraula impertinent. Ho considerava irritant.

Però els ulls d'aquella nit d'agost, que el miraven com aquell nen que descobreix la mar, aquells cabells llargs i morens, sedosos, no els podia oblidar. Somniava Berta. La delerava més que mai.

Esperà ocult en la cantonada l'arribada de Berta. Volia assegurar-se que ella assistia a la festa. Ho féu en companyia de Dolors. Uns minuts després Ferran entrà al xalet. Nerviós. Hi havia una vintena de persones, entre amigues i amics; entre elles, Imma, que no havia renunciat a reconquistar Ferran, amb qui havia eixit temps enrere. I entre els xics hi havia Benjamí, que estava secretament enamorat de Berta.

Eren les sis i deu. Ferran s'acostà al grup d'amigues. Saludà Teresa, Dolors, i mentre ho feia amb Vanessa, Berta li girà l'esquena i s'apartà del grup.

—Sí que comencem bé —va mormolar, amb un somriure forçat.

—Tranquil —digué Dolors—. Ja li passarà.

Berta no mostrava voluntat de facilitar l'ocasió per a parlar-hi i xarrava o ballava amb qualsevol amiga o amic. Fingia una rialla postissa, lluny de la rialla tímida o franca d'aquella nit d'agost.

Ferran observava, sorprés, com Berta bevia adés una cervesa, adés un cubata, cosa que mai no havia fet. Allò el sorprengué i li estranyà moltíssim.

—Te la mires massa, Ferran —li digué Mise, que va seure al seu costat—. Si no ens feu cas, malament; però si esteu massa damunt de nosaltres, encara és pitjor —rigué.

—Voldria saber què li ha passat. O què li he fet. Si és que vol trencar, que ho diga, i ja està... Fa unes setmanes que no em dirigeix la paraula —va dir.

—Jo la trobe rara, també, d'un temps cap ací —confessà Mise.

—¡Però s'ha tornat muda!

—Diu que et troba una miqueta immadur —va dir Mise.

—Això, ¿ho ha dit ella?

—M'han dit que ho ha dit —contestà amb un somrís sorneguer.

—Dona, no tinc una vida gens arriscada per ser un home madur. Però si a la meua edat no sóc capaç de ser encara bastant inconscient, ¿quan ho podré ser?

Mise somrigué i desvià la conversa:

—Agafarà una merla que li durarà un mes —mormolà en observar com bevia Berta.

—¿No es deu haver enamorat d'un altre, crec? —es preguntava ell.

—No l'he vista amb ningú, jo. Ix poc de casa, ella.

La festa, es convertí, passades dues hores, en un desori. La música tan sorollosa, l'alcohol ingerit, i algun porro fumat, hi contribuïen.

Martí havia tret Mise a ballar. Ferran preferia estar sol.

—¿Vols ballar? —li demanà Imma.

Imma era ben diferent a Berta. Era de cabells rossos, llargs, amb els ulls verd sofre. Tenia el cos i el rostre arredonits. Ferran, tot i que ho sentí molt, per la fascinació que sentia cap a ella, va tallar les relacions perquè trobava Imma massa dominant. Imposava la seua voluntat, fent la gata maula, i s'enfadava quan Ferran mostrava certa oposició. Però Imma continuava enamorada de Ferran i protagonitzava públicament, de tant en tant, més d'una escena de gelosia.

—Gràcies —va dir ell, refusant amablement la invitació, perquè no la volia provocar.

—¿Esperes el teu amor? —va dir ella amb cert menyspreu.

—I a tu, ¿què? —es molestà Ferran.

—No res. ¿Has vist, com està canviant? —continuà, ella.

—No t'importa —tallà ell.

—Bé, a mi, no ho sé. Però, a tu, sí... ¿Li has vist els llavis? —somrigué amb sorna—. ¿Li has vist els llavis, eh? —alçà la veu, i el seu to es tornà ocultament ofés.

—No m'importa —contestà, indiferent.

Imma se'l quedà mirant. sense saber com digerir la indiferència que Ferran mostrava cap a ella.

—¡Imbècil! Ja hi tornaràs, algun dia —cridà. I se'n va anar.

Ferran quedà de nou sol. Deu minuts més tard observà que Imma es va alçar i es dirigí cap a l'eixida de la sala. En passar per davant de Berta, que en aquell moment també seia sola, li féu una ganyota. Ferran, amb aquella excusa, féu l'acció d'alçar-se per anar on era Berta. Féu unes passes i reculà, indecís. Va seure de nou. Aquell soroll l'atabalava. Tancà uns minuts els ulls. Després mirà de localitzar Berta, però ja no era al lloc d'abans. Passà la vista entre les parelles que estaven abraçades. Entre els amics o amigues que ballaven o xarraven en algun racó de la sala. No hi era. Mirà l'hora. Eren les vuit i vint.

—No és tan tard —mormolà—. ¿On pot estar?

No sabia si tant Berta com Imma se n'havien anat a casa o eren als lavabos. Agafà el got de beguda, visiblement nerviós. Bevia i jugava amb el got entre les mans. Van passar uns minuts. De sobte va veure, a través de la finestra posterior de la sala, que algú saltava la tanca de dins del xalet a fora. A la llum dels fanals, va creure que es tractava de Berta.

—Berta... —va mormolar Ferran. Perquè Berta duia una camisa beix i tenia els cabells llargs. ¿Per què fuig saltant la tanca? —pensà.

Deixà el got al centret i dissimuladament va eixir de la sala. Es dirigí als lavabos que hi havia en la part posterior del xalet.

Quan hi va entrar, es quedà espantat. No creia que el poc alcohol que havia begut li fera veure visions. ¡Aquell cos estés a terra era el de Berta! Inerme. S'hi acostà lentament. Imprudentment, digué temps més tard a la policia. Berta tenia els ulls oberts. Ferran no observà sang en el cos de Berta.

—¡Quina merla que porta! —mormolà mentre recordava com havia begut, ella.

Però aquell cos era estranyament immòbil. Ferran li agafà la mà dreta. Va fer un esforç per a sobreposar-se i decidí prendre-li el pols. El seu braç encara era tebi. No li'l trobava. Ni mostrava senyal de respirar.

—¡És morta! —exclamà horroritzat.

Li entrà tal angoixa i tal espant, que caigué sobre el cos de Berta. Tremolava com una fulla, ell. Plorava com un nen. Aquell cos que li havia donat unes hores de felicitat, aquells llavis que l'havien besat a pler, ara eren lívids, havien deixat de ser res...

Enmig del seu dolor, de sobte, es va fixar en una pols blanca, a dos pams del cos de Berta.

Ho va mirar tot amb ulls nous. En la mà esquerra, a mig caure, Berta tenia una arracada. La situació prenia un aire nou. ¿Potser era el preu que Berta pagava per la droga?, malpensà. Però rebutjà aquell pensament. Ple de dolor i espant, no tingué cap altra idea que agafar l'arracada. L'agafà amb molt de compte. Sentí veus que s'acostaven cap als lavabos. Havia perdut qualsevol noció del temps. Es va alçar just en el moment que Teresa i Dolors hi entraven. En adonar-se elles que Berta era a terra inconscient, s'hi van acostar.

—¿Què li ha passat? —preguntà Teresa, preocupada.

—No ha aguantat la beguda —digué Dolors.

—No ho sé, però crec que és morta —respongué Ferran.

Aleshores els crits d'horror de Teresa i de Dolors van fer acudir ràpidament la resta d'amics i amigues.

—¿Què has fet? —cridava Teresa com una histèrica, sense escoltar a raons.

—No res... ¡Era morta quan he entrat ací! —va dir ell.

—¿Morta? ¿Ho has comprovat bé? —preguntà Benjamí tot astorat.

—Sí. No té pols... No respira —assegurà Ferran.

—¿Per què no cridem una ambulància? —demanà Vicent.

Òscar s'acostà a Berta. La va observar. I en alçar-li el coll, encara hi havia l'empremta dels dits.

—¡L'has estrangulada! —acusà Ferran.

Aquelles paraules causaren un gran impacte entre els presents. Crits, plors d'histèria. I uns ulls que acusaven Ferran.

—Ei, que ja era morta, quan jo he entrat ací... ¡Si només fa que uns minuts!

—¡Amb uns minuts hi ha prou per a estrangular una persona! —cridà Blai, visiblement alterat. I féu l'acció de llançar-se contra Ferran, però Òscar i Martí el van detenir.

Ferran mirà els presents amb ulls astorats. ¿Com podien acusar-lo tan fàcilment d'una mort que ells no havien presenciat i amb la qual ell no tenia res a veure?

—¡He vingut perquè he vist que no era a la sala! —intentà explicar-se.

—¿I què, que ella no fóra a la sala? —demanà Blai.

—He vist que algú saltava per la tanca, algú amb la camisa beix i el cabell llarg com ella... —continuà explicant.

—¡Excuses! —cridava Blai.

La situació era terriblement tensa. De sobte Martí reaccionà:

—També Vanessa porta la camisa beix i té els cabells llargs —i mirava de trobar-la entre els presents.

—¡He vist que te l'estaves morrejant! —li espetà Ferran.

—¡A tu et trenque la cara! —s'abalançà Martí contra Ferran.

—Només cal que ara us mateu vosaltres —cridà Teresa.

Martí es calmà.

—Fa uns minuts que m'ha dit que ara tornava... —digué Martí.

—¡Però no t'ha dit on anava! —replicà Ferran.

Tothom va buscar Vanessa. No hi era.

—¡Fixeu-vos que falta! ¿On és, eh? —va xisclar Ferran—. Potser ella és qui ha saltat la tanca, perquè Imma duia un vestit roig...

—¿I què té a veure Imma? —demanà Teresa.

—També ha eixit abans que Berta —digué Ferran—. Jo l'he vista.

—I encara que haja sigut Vanessa la que ha saltat la tanca, ¿per què havia d'estrangular Berta? —preguntà Dolors fora de si.

—¡No ho sé!... Però era algú amb la camisa beix i...

—!No tenia cap motiu, ella! —seguí Dolors.

—¡Ni jo tampoc! ¡Si acabe d'entrar!... —protestà Ferran.

Mise també el mirava acusadorament. La preocupació que ell li havia mostrat per Berta, es tornava en contra seu. Mise, amb la mirada, l'acusava del crim.

—¡Tu saps que l'estimava! —li va dir.

—¡Però potser t'has deixat dur per la venjança! —replicà ella.

Quan Ferran va mirar on hi havia aquella pols blanca, no en quedava ni senyal.

—Hi havia una pols blanca, ací... —va dir poc convençut.

—¿Què vols dir? —demanà Martí.

—Que hi havia droga, ¿ho entens? ¡Droga! —cridà.

Tothom ho va dubtar.

—Sabem que Berta havia deixat de parlar-te —digué Benjamí.

—Ets l'únic que té un mòbil per a matar-la —l'acusà Blai—. ¡L'únic que estaves ací quan s'ha descobert el crim!

Ferran es va espantar encara més. Pel seu cap va passar ràpidament tot el que podria comportar una acusació d'homicidi. Sense poder provar fàcilment la seua innocència. Allò el trasbalsà. Mirà els seus amics, ara convertits en acusadors. Potser l'alcohol i l'herba fumada no els feia pensar amb massa serenor, però en aquell moment tot se li va fer fosc i l'únic que va veure clar és que havia de fugir.

Va recular a poc a poc. Blai el va voler retenir, de nou, agafant-lo pel braç esquerre, però Ferran se'l va llevar de damunt d'una empenta. I quan ja era fora de l'abast dels amics, cridà ben fort:

—¡Jo no l'he assassinada! Si aneu plens d'alcohol i heu estat tirant-li al porro, ¿què sabeu vosaltres? —i es dirigí cap a l'eixida del xalet.

Va córrer durant un temps sense rumb. Perquè, quan en un principi es dirigia cap a casa, va recular perquè pensà que seria el primer lloc on la policia l'aniria a buscar.

Es va adonar que duia l'arracada a la mà. Va traure un clínex i la guardà.

—Serà l'últim record teu, Berta —mormolà quasi en un plor.

Mai no havia tingut tanta urgència per a decidir en tan pocs segons el seu destí. Un mar de dubtes i d'indecisions... Ara el seu espai, aquell que dominava tan perfectament en la seua vida quotidiana, li semblava tan menut, que no hi tenia cabuda...

Hi havia la carretera, a la seua dreta. Fosca, com una gola de llop. Hi havia l'estació de trens, a l'altra banda, però a penes tenia diners per a fer un centenar de quilòmetres. A més, potser la policia l'escorcollaria en alguna estació. Tenia la mar al davant, però ¿qui gosaria travessar-la nadant? Eren les vuit i quaranta-dos del vespre i ja era fosc. Molt fosc.

Els xiulets de les sirenes de l'ambulància i del cotxe de la policia el van retornar a la realitat més immediata. La maquinària per a atrapar-lo, ja s'havia posat en marxa.

II
Una fugida cap a l'inconegut

En breus segons Ferran havia passat de ser un home lliure, sense cap altre problema que el menyspreu inexplicable de Berta, a ser un fugitiu de la justícia. Va abandonar corrents els últims carrers de la ciutat, cap al nord, i es va trobar en ple terme, envoltat de tarongers i tarongers. El Mondúver es perfilava boirós a la llum de les estrelles. Era el lloc natural per a amagar-se un fugitiu. La foscor es tornava més aclaparadora a mesura que Ferran s'allunyava de la ciutat i la claror dels llums es difuminava fins a fer-se imperceptible. Però rebutjà amagar-se entre les muntanyes i continuà cap al nord.

No sabia quanta estona feia que caminava. Amb la foscor, no podia endevinar l'hora. De vegades, per no tocar la carretera, tornava al mateix camí veïnal, fins que els llums del proper poble li van servir de guia. No era ja sols la por, la terrible por, que duia dins seu a causa de la mort de Berta, sinó la por afegida per qualsevol soroll que sentia a prop seu. Una rata, un rat penat, un ocell nocturn que feia petar les branques dels tarongers, una ombra estranya... La por a tot aquell món desconegut per a ell, i que no era sinó el principi. Perquè quan s'acostava a Xeraco, va sentir la sirena de la policia. Les cames se li van amollar. Va seure en un reguer i esperà que la policia l'atrapara sense oposar-hi resistència, o que li passara el malestar. Perquè la beguda de la festa se li havia fet agra. I el cap li feia unes agullonades com si volguera esclatar. Però la policia no el buscava a ell. Parà un quilòmetre més amunt. Per la caravana de vehicles que es formà a la carretera, Ferran va intuir que havia estat un accident.

Ferran, tot i voler continuar la fugida, no va poder fer-ho. La foscor era densa, el cansament gran, la humitat li calava els ossos, caminava com un autòmat. Va descobrir una alqueria prop d'un hort. S'hi va dirigir. La porta era oberta. Va notar que el terra tenia com una capa de brossa, o fulles. Pols i fulles. Era un bon jaç, va pensar. Tancà la porta i es deixà caure, com si fóra l'home més feliç... El cansament que duia i el plaer de poder jaure a cobert... Respirava feixugament. Només al cap d'una estona, començà a fixar el pensament en Berta, en els seus amics, acusant-lo, i el que pensarien i patirien els seus pares, que ja ho devien saber tot. ¿Creien, els seus pares, que ho eren d'un assassí?

Es va desfer com un flam. Perquè en aquell moment sentí per primera vegada què era la impotència de conéixer uns fets i no poder demostrar-ne el contrari. Pensava en Berta, i ara més que mai sentia un amor indescriptible per ella, tant com creia que l'estimava, i que mai ja no li ho podria demostrar... Es va desfogar com una criatura, deixant que tot el seu sentiment, tota l'emoció, la ràbia, la por continguda, afloraren amb crits, plors, sacsades de cap, com si es volguera traure de dins tot el dolor que el corprenia... Va fer unes punyades sobre el terra i, quan es va adonar, va veure que per l'escletxa de la porta hi havia claror. Era un nou dia. Mirava la claror per l'escletxa, com si descobrira per primera vegada el naixement dels dies, la importància de la claror que ens fa habitable el planeta. Mai no havia donat tanta importància a l'arribada de les primeres clarors del dia...

—Hauré d'afrontar la realitat —es digué—. El meu primer dia de fugitiu.

El dilema era el mateix. ¿Cap a on havia d'encaminar-se?

Amb l'aiguatge del matí es va rentar les mans i la cara, es va adreçar els cabells esbullats. Sentia l'estómac buit, una gana inusitada. Collí un grapat de taronges, les que va trobar més madures, perquè no podia escollir com quan era a casa i obria el frigorífic o el rebost.

Comprovà que l'arracada de Berta, el que ell creia que era l'arracada de Berta, continuava embolicada dins el clínex i aquest era dins la butxaca. I començà a caminar. No va voler refer el camí. De manera que continuà cap al nord. Al cap de dues hores de caminar entre camins veïnals, i d'amagar-se corrents cada vegada que sentia el soroll d'un motocultor, o d'un cotxe, comprengué que no era la manera més veloç de fugir. Es podia morir de fàstic. Només volia allunyar-se'n com més ràpidament millor, allunyar-se'n per no ser reconegut per ningú.

La general era sempre a prop. ¿I si provava d'amagar-se en un dels camions?, pensà. Es convencé que era la millor solució, i la més ràpida. Posada la mirada, doncs, en aquesta possibilitat, no va perdre de vista la carretera.

A l'eixida de Tavernes, en l'estacionament d'un restaurant de carretera, hi trobà mitja dotzena de camions. Venien del sud. De Màlaga, de Còrdova, d'Alacant... Eren de llarg recorregut. No hi havia cap forat per on entrar als remolcs. I no era qüestió d'amagar-se'n entre les rodes.

—¿Què faig —es deia—, continue endavant i vaig fent autostop? M'expose que la policia m'hi trobe. Ja m'estic exposant massa, perquè bé que pot haver-hi algú investigant.

Va esperar entre els camions que els conductors eixiren. Pot ser que, com que era major d'edat, algú acceptara portar-lo. Buscà una excusa raonable. Que feia turisme. «Vull arribar als Pirineus», pensà que diria. Però era finals d'octubre i no era temps de fer turisme.

—¿Què fas, xicot? —va sentir la veu d'un home, més aviat prim i colrat de cara.

Es va quedar tan tallat, que no va saber què contestar-li.

—¿Que vas enlloc? —li demanà.

—Sí, és que...

—Vaig fins a Barcelona, i necessite companyia per anar xarrant. Si vas cap allà, puja.

Així de senzill.

L'home era d'Altea, en la costa alacantina. Li deien Jaume i era camioner des que va deixar d'anar a gatameu, segons va dir.

—Tota la meua família han sigut pescadors, ¿saps? Però amb el turisme, tot s'ha girat del revés. Ara la nostra costa només serveix perquè la gent es torre com sardines... Jo preferisc viatjar. Els meus germans, l'un ha posat un bar-restaurant i l'altre una tenda de trastos de bany. Ja em diràs tu quina diversió. ¿D'on ets tu, xaval? —preguntà sense que s'ho esperara.

Va dubtar.

—De la Valldigna. De Simat —va mentir.

—De Simat, ¿eh? Són uns pobles molt rics, tots els de la Valldigna. ¡No hi he carregat jo camions de taronja, mare meua! Hi ha un cert Tòfol, casat amb la filla del comerciant més ric, un cert...

I el va mirar per si de cas el coneixia. Ferran va fer un gest amb els muscles, com que no recordava aquest Tòfol, o aquest comerciant.

—Sí, home, va coix.

—Els joves passem de molta gent —es va excusar.

—El Roig, home, el Roig, li diuen... —va riure.

—Ah, sí... —va fer creure que recordava.

—I la filla és la *Modelo*, perquè fa uns anys es va presentar per a Miss València... Vosaltres passeu, de tot açò, ara —va dir en veure el poc que a Ferran li interessaven el Roig i la seua filla, la *Modelo.*

—Home, si fa uns anys, jo era un xiquet —es va excusar.

—També tens raó. Bon poble, Simat, sí senyor...

I van parlar d'altres coses. Perquè si el camioner volia companyia per a xarrar, Ferran li donava conversa. Al principi amb monosíl·labs. Amb absències o lapsus imperdonables. Però a poc a poc entrà en les anècdotes que li contava Jaume. I la seua preocupació s'esvaïa lentament, minvava, a mesura que passava el temps. Jaume li contava mil i una anècdotes que li havien passat viatjant per tot Europa. Ferran observava la carretera i s'amagava dissimuladament, cada vegada que la policia venia de cara o els avançava, es mocava, es gratava la cara, o es fregava els ulls. El fet no va passar desapercebut per a Jaume, que bromejà:

—¿Que et fan al·lèrgia, aquests, no?

Es posà roig.

—Em van fotre en una manifestació —va mentir.

—¿Com? —demanà una explicació, Jaume.

Ferran va haver d'improvisar, tirant mà dels records més profunds.

—Fa dos anys, quan estudiava. Vam fer una manifestació a Tavernes i va vindre la guàrdia civil a dispersar-nos. Em van fotre una bescollada que no l'oblidaré mai...

—Ni jo tampoc, si me la pegaren. Aquests no fan broma, tu...

I així va quedar la cosa. Quan passava la policia, Ferran es gratava o s'amagava dissimuladament, i tots dos reien.

En deixar Tortosa, Jaume va estacionar el camió davant d'un bar.

—Ens farem un café —va dir—. Encara no sé com et dius...

—Vicent —se li va ocórrer dir.

—Va, Vicent, t'invite a un café.

—No sé si...

—Va, home, que no deus haver menjat massa, tu... Fas cara de desmai.

Era observador, el Jaume, pensà Ferran. Devia fer cara, no de desmai, sinó de pet, perquè a més de fam, no havia dormit. I Jaume manà que li serviren un entrepà amb bona mescla. Beguda i un bon café, després.

—Una copeta acabaria d'animar-te —bromejà.

Però Ferran s'hi va negar, perquè el pobre Jaume, ja feia massa.

Ferran seguia pendent de les notícies de la ràdio, que estava engegada. Començava a saber què era el terror, sentir la por de ser descobert. Viure sempre observant el seu entorn com els animals salvatges, per no ser menjat.

Va ser quan el camió va agafar un revolt a l'esquerra, quan estaven a l'altura de Torredembarra, que els venia al damunt un cotxe blanc que havia esquivat una moto. Jaume intentà esquivar el cotxe, però aquest xocà lateralment contra el camió, i amb el moviment brusc que féu Jaume, i després la frenada, el camió, carregat com anava, bolcà contra el costat dret. Ferran sentí que per moments se n'eixia volant a través de la finestra, fet que impedí el cinturó de seguretat. Després semblà com si flotara en l'aire, en un estat ingràvid, fins que va sentir el cos de Jaume que queia damunt seu. Com va poder, amb la mà esquerra va aconseguir agafar-se del volant, i amb la dreta parà el colp contra el cap. No va poder evitar el pes de Jaume sobre ell, que va sentir que l'esclafava, tot i que Jaume era prim. El terrabastall del camió, la seua càrrega, en caure sobre la cuneta, els eixordà per moments. Com pogué, Jaume es va mig alçar i preguntà a Ferran, amb un ensurt a la gola:

—¿Com estàs, xicot?

—Crec que estic bé —va contestar, no menys espantat.

Només li faltava, a Ferran, aquest accident perquè el seu cor tornara a bategar amb força. La policia no tardaria a presentar-se i ell hauria de ser-ne testimoni. Pensà en l'atestat. Que seria fitxat i atrapat.

—¡Sí que he anat lluny, jo, en la meua fuga! —balbucejà—. Eixim de pressa, Jaume —va cridar—. Descorda'm el cinturó i ajuda'm.

Ho va fer; ell, obrí la porta, eixí a fora i ajudà Ferran. Ja s'hi havien parat un grapat de cotxes i dos camions que venien en el seu ajut. El de la moto ja no hi era. I el del cotxe blanc, un Golf, estava mirant-se el mal que s'havia fet. Un petit esfondró.

—¡Aquest fill de sa mare, que ha eixit a la carretera inesperadament i se m'ha llançat a sobre! —cridava.

I tornà a entrar en el cotxe. No li va veure bones intencions, Ferran. L'home s'havia adonat que tenia poc de mal, que la moto que havia provocat l'accident havia fugit i que la gent estava pendent del camió. De sobte, arrancà. Ferran memoritzà la matrícula i la marca de cotxe. Es disposava a anotar-la quan va sentir la sirena del cotxe patrulla de la policia.

—No m'hi puc quedar... —es digué.

De manera que, dissimuladament, es va dirigir a la part posterior del camió, s'hi amagà durant uns moments. Sentia la veu de Jaume que el cridava insistentment. No tenia escapatòria. El cotxe patrulla s'havia aturat. Jaume es dirigia cap al cotxe patrulla. Ferran, en observar que no el veia ningú, va entrar-se'n dins l'hort. Havia de fugir. Repetia la matrícula del cotxe en veu alta. Havia d'anotar-la en algun lloc. Potser li tornaria el favor a Jaume. Però no duia damunt ni bolígraf ni llapis per a fer-ho. Quan ja era lluny de la carretera, agafà un pal punxós i ho va fer en l'escorça d'un nesprer.

Quan ja era a dos quilòmetres al nord d'on havia passat l'accident, havia de decidir cap on es dirigia. Desconeixia la comarca. Era encara lluny de Barcelona. No podia anar a peu. Ni agafar el tren (tenia prou diners per a arribar a Barcelona). Encara li tremolaven les cames, quan pensava en l'accident del camió i el que li hauria pogut passar. Ja s'imaginava els titulars: «Jove que fuig de la justícia, la troba en un accident de carretera». Fabulós. Buscà una altra ocasió de fer autostop i esperà no tenir tan mala sort.

Tot caminant, arribà a un bar on hi havia camions estacionats. N'hi havia un, mitjanet, que indicava Vilafranca del Penedès. Ferran havia vist camps de vinyes i colles de veremadors. Pensà que a més de ser un lloc on poder amagar-se, trobaria faena. Esperà que l'amo del camionet isquera. Era un home baixet i panxut. Calb.

—¿Que va cap a Vilafranca? —va preguntar a l'home.

—Sí —contestà sense entendre el perquè de la pregunta de Ferran.

—És que hi vaig jo, també.

—Ah, molt bé —va dir. I pujà al camió sense dir res.

Va engegar i arrancà. Quin home més antipàtic, va dir Ferran. Però quan ja havia recorregut uns cinquanta metres, abans d'eixir a la general, l'home va traure el cap per la finestra i cridà:

—¿Que ho diu perquè l'hi porti, jove?

—Home, si no el molesta... —va dir Ferran.

—Au, va, puja —cridà.

I es va dirigir cap a Vilafranca.

—Vull veure si encara em poden llogar a la verema —va dir Ferran.

—Potser... Sempre hi ha qui té manca de personal. Ara com ara, cada vegada hi ha menys gent que vulgui treballar al camp. Si no inventen una màquina que culli el raïm, ¡malament rai!

L'home no era gens antipàtic. Deixà Ferran abans d'entrar al poble, perquè hi havia colles de veremadors i li desitjà sort.

Ferran es dirigí a un dels veremadors i va demanar per l'encarregat.

—Vés on hi ha aquell camionet —va indicar-li—. Allí hi ha el cap de colla.

Així ho va fer.

—Aquí, xicot, ja tenim tot el personal —contestà l'encarregat, un home alt, canós i de pell marcada per la pigota, sense prestar-li més atenció.

—¿I no sap on...?

—Si en busca, n'hi trobarà. Hi ha finques que encara necessiten personal —respongué sec.

Segurament eren les marques de la pigota que l'havien fet antipàtic. Ferran s'encaminà per aquelles finques de vinyes. Era una mar de ceps, amb els sanglots penjant, blancs o negres, si encara estaven sense collir. A mitjan vesprada, mort de gana, va trobar un encarregat disposat a llogar-lo sense més compliments.

—Només em queda una setmana i no paga la pena que omplim papers. Vés amb compte que no et passi res. Et pagaré set mil pessetes per dia, de vuit del matí a set del vespre. I una hora per dinar, ¿entesos?

—Sí, senyor.

Com que ja tenia la faena segura, aquell vespre va sopar dos entrepans. L'un de sépia rebossada i l'altre de truita de creïlla. Mai no n'havia menjat de millors. Després comprà un bolígraf i en el mateix paper del clínex on duia guardada l'arracada de Berta, va escriure el número de matrícula del cotxe que havia causat l'accident, la marca del cotxe, la data i l'hora. Ara havia de buscar algun lloc on dormir, fora del poble. No podia refiar-se'n. També en aquelles terres confiava trobar un recer on passar la nit. No podia ser excessivament exigent.

III
Irene, la d'ulls verds

Li deixaren un cabàs i unes alicates i li assenyalaren la fila. La fila de ceps, naturalment, s'allargava fins a perdre's en l'horitzó. Per les converses que mantenien els veremadors, va entendre que tot allò era xarel·lo. El raïm, el suc del qual serviria probablement per a omplir ampolles i més ampolles de cava, segons ell havia llegit a les etiquetes de les botelles. Xarel·lo i macabeu. El matí havia començat fresc. Encara hi havia l'aiguatge sobre els pàmpols de la vinya. I un sabor de terra fresca. Ho va agafar amb gana, perquè sabia que al final de la jornada cobraria les set mil cuques i podria sopar a cos de rei. Per esmorzar i per dinar no havia aconseguit comprar més que dues barres de pa i una llanda de tonyina.

—Ei, xicot, està bé que t'afanyes a collir, però si continues així, acabaràs mort —li digué un home gran, que conservava tot el cabell, d'un negre atzabeja.

Mirà darrere seu, quan duia deu ceps veremats, i la resta encara estava pel tercer.

La colla de veremadors era llarga. Més de cinquanta persones. Hi havia gent jove, en general. Xiques i xics que van començar a taral·lejar cançons mentre collien el xarel·lo.

—És nou, aquest —va dir una dona—. Ja aprendrà. Deixeu-lo.

Es va parar a respirar i amainà el ritme, perquè per més que s'afanyava a l'hora de veremar, les hores no s'acurtaven. Però quan va voler carregar-se el cabàs al muscle, de poc no es trencà l'esquena. No ho havia pensat, ell, que el cabàs curull de raïm pesava com un mort. Tampoc no es tractava de fer el ridícul, després que havia fet notar la seua presència. S'estirà, mentre respirava profundament, i quan ja estava més preparat, va alçar el cabàs i el deixà caure sobre el muscle dret, no sense que les cames li ballaren unes passes, després d'ensopegar amb un terròs, que per poc se'n van ell i cabàs tan llargs com eren. Però va superar la prova, tot i que un home, unes files més enllà el va observar i somrigué. Però fou discret, després que rodara el cap, i no féu cap comentari.

Els altres cabassos no els omplí a rebentar. Però cada vegada pesaven més. Encara sort que els portadors els resseguien, perquè no hagueren de perdre tant de temps, i es feia suportable. Els vint minuts per esmorzar, se li van fer curts. La barra de pa estava boníssima, a seques, perquè no va gosar dir a ningú si tenia cap obrellaunes. Se n'haurien rigut.

Es mirà dissimuladament el muscle i el tenia en una bambolla. Encara era prompte, pensà. Se les hauria d'enginyar. La idea que va tenir no la podia posar en pràctica allí mateix. Havia d'esperar a l'hora de dinar. A la una en punt es van sentir les veus que els avisaven. Tothom agafà el cabàs, tal com el tenia de ple, el buidava i acudia a un mateix lloc. Davall d'un flotó d'arbres, hi havia parada una taula llarga. Els hi esperaven l'encarregat i un treballador. Havien dut l'aigua, cervesa i vi de la casa. Damunt la taula hi havia uns plats d'amanides i uns melons de tot l'any.

—Això ho posa la casa —va sentir Ferran que deia una veu agradable.

Es girà. Era una xica jove, d'ulls verds, espigada. Estava en companyia d'altres joves. Ell va seure on va poder, perquè tot el món havia pres lloc. I va caure entre un grup de dones grans que se la sabien llarga. I més quan tothom portava bones berenes, amb carn torrada, llomello amb tomata, truita d'açò i d'allò, que cada una ensenyava a les altres el seu dinar, i Ferran duia una barra de pa i una llandeta de tonyina, tot sense obrir. La dona que tenia a la dreta se n'adonà, perquè era manifassera.

—Sí que vas mal preparat, jove —va riure. Li passà el ganivet, perquè es llescara el pa i va demanar—: ¿Qui ha dut un obrellaunes per a aquest xicot?

Tothom el mirà, estranyat. Va fer el blanc. Prometé que l'endemà no li passaria. Es compraria un obrellaunes i un ganivet.

Un home li passà l'obrellaunes i va obrir la llandeta de pressa, de fam que tenia i perquè ningú no pensara que anava amb contemplacions. Però eren gats vells, aquella gent, perquè en veure la gana amb què Ferran s'engolia la barra, que no tocava les vores, alguns dels presents més esplèndids l'invitaven i li deien: «Té, noi, tasta aquest tros de truita», i li'l feien tastar. Així va tastar cinc classes de truita, una xulla de corder, un tros de llomello, i un bocí d'un tercer que s'havia fet preparar dos entrepans de polp a la gallega.

—És el millor entrepà que hi ha —va dir.

—És que no menges cap altra cosa —rigué el del costat.

La xica d'ulls verds es mirava Ferran i somreia cada vegada que li donaven alguna cosa. I va endevinar que ella també hauria volgut passar-li algun tros del seu dinar, però que no va gosar, per mirament o per vergonya.

Quan ja estaven de sobretaula, els últims minuts que quedaven, Ferran acudí als lavabos. Es va traure els calçotets, els va esgarrar i se'ls posà dissimuladament sobre el muscle matxucat, davall de la camisa.

—Ja me'n compraré —es digué.

I així passà aquell primer dia, que de vesprada, ben alimentat, tenia més forces per a carregar-se el cabàs.

Acabada la faena, després de cobrar, es dirigí ràpidament cap al poble. Comprà un parell de calçotets. Després va entrar en un bar dels afores, es rentà al lavabo i sopà uns entrepans. No els quedava polp a la gallega.

—¿A quina hora obri, de matí? —va preguntar.

—A les set, jove.

—Gràcies.

Se'n tornà a la caseta i tot i que durant temps els pensaments rodaven i tombaven pel seu cap, va acabar adormint-se. Que amb el cansament, els pensaments es diluïen com el sucre en l'aigua. S'esforçava a no pensar en un assassinat que no havia comés. Només el preocupaven els seus pares. El seu darrer pensament fou fer-se el propòsit que mentre no trobara una eixida al problema, no els telefonaria. La policia podria saber d'on ho feia, potser, i no es volia arriscar el més mínim.

La verema es va normalitzar, aquell dia. Quatre bromes, només. La xica dels ulls verds li va dir, a l'hora de dinar, que seguera amb ella i les seues amigues.

—Estàs sol. Vine, home, que si et poses entre la gent gran, se't fotran —va dir—. Jo sóc Irene.

I li va presentar la resta de les quatre amigues. Eren del Pallars, va dir.

—Ja fa uns anys que baixem a la verema. Allà hi ha poca faena, fora de l'estiu. I tret d'una fàbrica de formatges, no hi ha res més. Tu no pots negar que ets valencianet —digué.

Es va posar roig. Si ara eixia per la televisió l'assassinat de Berta, podrien imaginar que podia ser-ne l'assassí.

—Sóc de Benicarló —va mentir.

—¿I et quedes aquí?

—Tinc uns parents —va tornar a mentir.

La cosa no anà més enllà. Irene estava molt pendent del que li agradava i l'invitava a menjar ensalada. També li llescà el meló, perquè no s'hi veia decidit a menjar-ne.

—Suem molt i hem de beure aigua —digué.

Irene resultava molt simpàtica. Tenia un accent dolç.

—No sé, estàs trist per alguna raó —va dir quan ja tothom es preparava per tornar a la faena.

—No és que siga una faena per riure —es va excusar ell.

—¿Com et dius, valencianet?

—Tomàs —va contestar, pensant que al camioner li havia dit Vicent.

—Ara agafa la fila al costat de la meua, Tomàs —digué.

I així ho van fer. Tallaven el raïm, cep a cep, i ella de tant en tant el mirava. Li havia caigut bé. Li contà que havia nascut en un poblet prop de Sort, el nom del qual es negà a revelar-li.

—No deu aparéixer als mapes —rigué.

I contava anècdotes de la gent del Pallars.

Irene va resultar un bàlsam. Ferran no sabia si somiava. ¿Com podia canviar la vida tan radicalment? ¿Qui li hauria assegurat quaranta-vuit hores abans que estaria veremant, a tres-cents quilòmetres de Gandia? ¿Que es miraria embadalit Irene, una xica l'existència de la qual ignorava feia menys temps?

—¿Què fas, quan acabes la verema? —preguntà de sobte Irene.

—Em quede com un mort a cals parents —va dir.

—¿I no surts?

—No.

—¿Gens, gens?

—No em sostenen, les cames.

Ella va riure.

—¿Ni et fas un refresc? —insistia.

—No.

—Digue'm on vius i passarem per tu. No s'hi val, tot el dia treballant i que et quedes a casa. Nosaltres ens arreglem i sortim a refrescar. O ens fem un vermut. Els caps de setmana, anem de marxa. Hem fet amics, a Vilafranca, ¿saps? Hi ha gent molt simpàtica.

—Ja hi veig... No m'ho esperava. Un altre any, vindré al principi de temporada.

—A nosaltres sempre ens lloga el mateix amo, ¿sents? Pots fer que et guarde lloc, si li deixes l'adreça.

—Sí que ho faré.

Pretenia comportar-se amb normalitat. Però ella el mirava molt sovint als ulls. Endevinava la preocupació que no podia dissimular, tot i que estava molt més relaxat. A partir d'aquella vesprada, Irene li guardà lloc a la fila del costat. I seia al seu costat a taula. Les amigues somreien.

Va ser el quart dia quan al migdia es va ennuvolar el cel i amenaçava aigua a bots i barrals. Però s'aguantava. Unes gotes ara, un vent humit després. No acabava de decidir-se. Fins que quan faltaven cinc minuts per acabar, començà a diluviar, sense previ avís, perquè els trons van arribar després. Tothom corria a descarregar el raïm que tenia als cabassos i es refugiava a la casa de la finca. Davall de la porxada.

—És meravellós veure com cau la pluja en la mar de ceps —va mormolar Ferran.

L'aigua va desfer els terrossos i corria entre els petits solcs. Per a ell, aquell espectacle era nou. I bellíssim. El vent es tornà més humit i fred. Irene, amb aquella excusa, es va abraçar a la seua cintura.

—Tinc fred —va dir Irene—. Amb la mullena i ara el vent —mormolà.

Ferran no va poder evitar sentir aquell cos en el seu, que li feia sentir més la humitat. Que a poc a poc es tornava tèbia, de la calor d'Irene. I li passà el braç pels muscles, i va haver d'aguantar-se les llàgrimes, perquè maleïda la gràcia que li feia, tan feliç que podia ser, i saber que el seu destí era fugir. I ella ho ignorava tot. Almenys aquell vespre.

Quan Irene insistí si finalment eixiria aquell vespre amb ella, Ferran li va dir que sí. Però amb ella sola. I ella ho va acceptar.

—Dis-me on vius i passaré a arreplegar-te —va dir Ferran.

—¿A què? —va demanar ella perquè el sentit de la paraula li era estrany.

—A recollir-te —va emprar un sinònim.

—Vaja, quina gràcia...

Ferran es comprà espuma per a afaitar, gillette i xampú. També un altre parell de calçotets, un de calcetins i dues camises. El jornal que guanyava li ho permetia. A més, no podia anar amb la mateixa roba de treball. I al bar es va mudar.

Irene i les seues amigues vivien en una casa dels afores del poble. Una casa antiga, però ben endreçada, amb un televisor petit que els deixava l'ama i que llogaven de feia anys. Primerament uns veremadors i després uns altres.

Quan Irene i les amigues veren entrar Ferran, tan ben clenxinat i amb la camisa nova, van exclamar un ¡oh! que el va fer envermellir. A Irene li agradà, aquell efecte. Se'n va sentir orgullosa.

—Estàs maco, Tomás.

Van passejar primerament pel poble, perquè ella volia que el vera.

—És el bressol del bon vi i del cava —digué.

I hi havia tot de cooperatives, de fàbriques de cava, de vins i de licors...

—Seguint aquest carrer hi ha el Museu del Vi. Hi ha totes les marques de la comarca de vi, de cava, de brandi... Les que vulgues demanar —indicà.

Però el que ell volia era estar sol amb ella i passar desapercebut.

—M'agradaria invitar-te a alguna cosa —va dir.

—Si vols...

El va dur al bar on feien les millors tapes. Van demanar pa i vi del terreny. Així els servia de sopar.

Irene continuava tan pendent d'ell com el primer moment. No perdia el somriure. Li contava coses de la seua vida i s'interessava per Ferran. Ell li contava anècdotes, també. Li parlà dels estudis, els quals havia hagut d'abandonar perquè no li agradava estudiar, experiències que traslladava a Benicarló. Al cap i a la fi, Gandia i Benicarló eren dos pobles mariners. I pescadors. Quan contà a Irene que solien torejar les vaques i els bous a vora mar, al port, i que toreros i animals feien cap a l'aigua, a més de la ganyota que féu, va dir:

—M'encantaria veure-ho.

—T'invitaré l'estiu que ve —va dir.

—Jo sé que et passa alguna cosa, Tomàs —va dir ella de sobte.

Es tornà a posar roig, perquè va témer que Irene coneguera per la premsa o per la tele la notícia de la mort de Berta i que esperara que fóra ell qui li ho revelara.

Va alçar els muscles.

—¿I per què ho dius? —va preguntar-li.

—No ho sé. Les dones som molt intuïtives. I molt observadores. O t'ha deixat la nòvia, o t'has barallat amb els pares... El primer dia vas arribar que feies pena. Una barra de pa sense obrir i una llauna de tonyina que tampoc no tenies amb què obrir. Si vius a cals parents, no és normal. Ara, he observat, els entrepans te'ls preparen en un bar. Ho sé per les tapes. A casa no ho fan, això...

Es va quedar sense alé. Quina capacitat d'observació tenia, Irene. I les coses que no li devia dir.

—És que són grans i preferisc que em preparen el menjar al bar que hi ha a sota.

—Ah... —Ferran dubtà que s'ho haguera cregut, per la veu que va fer.

La pell morena, del sol de la verema, i els ulls verds que es confonien amb el color dels pàmpols de la vinya, els cabells curts, negres, els pòmuls alts i lleugerament eixits, feien d'Irene una xica bellíssima, que enamorava fàcilment. I haver d'amagar el secret que guardava per a ell, i que el privava de dir-li que se l'estimava, li produïa una angoixa que li treia la gana.

—T'estàs deixant aquests musclos tan bons. ¿Que no t'agraden? Podem demanar una altra cosa... —digué ella.

—No sóc menjador —va improvisar.

—Ningú no ho diria a l'hora del dinar —el tallà.

L'agafava per totes bandes. Va callar. Al televisor es disposaven a donar les notícies del vespre.

—Acabem-nos-ho i eixim a passejar. M'ofegue, amb el fum —s'excusà.

Ferran va traure forces d'on va poder per semblar natural. Pagà i van eixir a passejar pel poble. Pel centre. Irene se li abraçà. Ferran s'estimava aquell cos tan natural, aquell rostre que ara se sentia feliç. La vida tenia imprevistos que el sobrepassaven. I ell no sabia si xafava de peus a terra. La realitat era que duia Berta al pensament. Que sentia una angoixa profunda per la seua mort. ¡Se l'havia estimada tant! I la realitat era que hi havia allà el monument als castellers, ací unes cases que semblaven antics palaus, allà la plaça de les Cols, que li féu gràcia, i ací la de l'Oli. I ell passejant amb una xica bellíssima que feia només uns dies que havia conegut. Vilafranca devia tenir una història gran, com Gandia. Però aquests carrers no eren els de Gandia. Van seure a la Rambla de Sant Francesc. I sense saber com, Irene i ell es van fer un bes llarg. I les paraules deixaren de tenir sentit, durant una llarga estona. Es van quedar abraçats, mentre Irene recolzava el cap sobre el muscle esquerre de Ferran. Hauria desitjat que aquells moments, s'hagueren tornat eterns. Berta entre els seus pensaments. Irene en els seus braços.

La humitat s'apoderà finalment dels seus cossos i van decidir que havien de tornar a casa i descansar. Els dies eren durs. Ella el va voler acompanyar i ell s'hi va negar.

—Al meu poble són els xics els que acompanyen les xiques —s'excusà—. Un altre dia, si de cas.

Contràriament al que imaginava, ella no hi va insistir. I van tornar cap a casa d'ella, que era al barri de l'Espirall, digué. Van fer una llarga cantonada i finalment es van acomiadar. Però només va ser per part de Ferran.

IV
Una nit amb Irene

Al cap d'una hora d'estar gitat sobre el jaç de brosses i palla que s'havia preparat, Ferran va sentir com unes passes i es va corglaçar. Va pensar que la policia havia seguit els seus passos i venien a detenir-lo. El lloc era solitari, allunyat un quilòmetre i mig del poble. Ningú no coneixia el seu amagatall. Es quedà quiet perquè, si es movia, el jaç de brossa cruixia. Però les passes, dissimuladament, es tornaven més properes, fins que es van acostar a la porta.

—No tingues por, sóc jo —va sentir la veu d'Irene.

—¿Irene? ¿Véns sola?

—Sí, no tingues por. Obri.

No s'ho acabava de creure. Perquè en aquell moment el pensament l'hi tenia posat i havia desitjat tenir-la a prop seu com mai.

—És obert. La porta no tanca —va dir, mentre s'incorporava.

Aquell cos, il·luminat només per la llum de les estrelles era el d'Irene.

—Ara encenc el ciri —va dir ell. Buscà la capseta de mistos i va encendre l'espelma—. És l'únic luxe que tinc —va bromejar.

—¡Quina humitat! —es queixà ella, perquè no sabia què dir.

—¿Com m'has trobat? ¿I per què has vingut? —va preguntar, sabent que havia quedat com un mentider.

—Havia de venir —va dir, amb veu preocupada—. Les dones sempre tenim un sisé sentit, ja t'ho he dit.

—Veig que és cert...

Ella no sabia com començar. Però en els seus ulls Ferran ho endevinà abans que li ho confessara.

—Quan m'has deixat a casa et volia seguir, ¿sents?, perquè no m'he empassat que estigues a cals parents.

—Bé, t'he mentit, però no t'ho podia dir...

—Les amigues no volien que vingués —va dir amb una veu especial.

Ara ho tenia clar, Ferran.

—¿I per què?

—Has sortit a les notícies...

Es va tornar groc.

—La Rosa m'ha acompanyat fins a prop i se n'ha tornat a casa. No volia, ella, però he dit que confiés en mi, que no podia ser cert...

—Ja ho saps...

—Sí...

—¿I què han dit?

—Segons m'ha contat Rosa mentre et seguíem, han tret la teua foto en la pantalla del televisor, en primer pla, i han assegurat que continua sense aparéixer el jove que va fugir després de l'assassinat de la noia a Gandia.

Ferran quedà callat.

—Diu que estava embarassada —afegí Irene.

—¿Dius que estava embarassada? —exclamà Ferran, obrint els ulls com taronges. Va fer com si començara a entendre alguna cosa.

—Això diu que han dit —respongué Irene.

—¿Embarassada? ¿Que Berta estava embarassada?... Ara ho comence a entendre.

—¿Què és el que comences a entendre? —preguntà Irene.

—Per què havia deixat de parlar-me i es comportava tan estranyament. Era el seu secret...

Es va fer un gran silenci.

—Si m'ho haguera dit... —digué finalment, ell.

Tornà a callar.

—¿No vols saber què més han dit? —gosà preguntar-li Irene.

Va dir que sí amb el cap.

—Que ets el mateix noi que vas fugir després de l'accident que hi va haver a Torredembarra. Que el conductor que t'havia recollit prop de Gandia, t'ha reconegut en mostrar-li la policia la teua foto.

Aquella confiança que Irene li mostrava, tot presentant-se sola davant seu, l'impressionà, després de les mentides que ell li havia contat.

—¡Ja tenen un mòbil per a acusar-me de la mort de Berta, Irene! —exclamà esglaiat.

—¿No sabies que estava embarassada? —preguntà ella.

—No... T'ho promet. Però ara entenc la seua actitud...

—Si tu no ho sabies, que estava embarassada, ni l'has morta... —feia ella els seus pensaments.

—Jo no he mort ningú —va dir amb veu convincent—. He fugit perquè no m'atraparen. Perquè era sol als lavabos amb ella quan hi va entrar la resta d'amics i tothom m'acusà del crim. Pots ben creure'm. Però no ho puc demostrar.

—Et crec. Si no ho cregués així, no hauria vingut a veure't —respongué ella—. Però no t'han acusat d'assassinat, ¿sents? Han dit el jove que fugí després de l'assassinat...

El va mirar amb els seus ulls verds, fixament, que amb la foscor tenien el color de fruita verda.

Ferran li contà, entretallat i resumit, com havia passat. L'únic que li amagà, perquè era un secret només seu, era l'arracada que havia agafat de la mà de Berta.

—Et crec —remarcà Irene.

—Però, ¿qui pot haver-ho fet? ¡Tothom m'acusava d'haver-la morta!

—Ells, els teus amics, no són la policia ni el jutge, Ferran. ¿Saps si hi ha cap acusació formal contra tu? —preguntà Irene.

—¡No! Si vaig fugir corrents... ¡Jo què sé! ¡Però tenen el mòbil! ¿Què més vols? —deia desesperat.

—La policia investiga les proves dels mòbils. ¿Hi ha cap prova que demostre que a més d'estar tu als lavabos amb Berta, la vas matar?

—No ho sé... —dubtà—. Si em busquen significa que no han trobat cap altre culpable. ¡Jo continue sent l'assassí! —repetia ell cada vegada més exasperat.

I es posà a plorar com un idiota, perquè tot allò l'agafà tan desprevingut, que no sabia com reaccionar. Allò, referit a ell, resultava kafkià.

—Sóc un desgraciat —exclamà.

Irene no el podia consolar. Tremolava, ell. I així va estar una llarga estona. Finalment es va calmar.

—Jo me l'estimava.

—¿Era bonica?

—Sí...

Irene li amoixà els cabells. No sabia què dir. El va besar i després digué:

—Són tot proves circumstancials. Però si tens un mòbil, et buscaran les pessigolles, és clar...

—No tenia cap mòbil. L'estimava i no sabia que estava embarassada —repetia ell.

—I de l'amiga que probablement va saltar la tanca, ¿no sospites res, tu?

—No ho sé... Sobre el terra, quan vaig entrar als lavabos, hi havia com si fóra una pols blanca, ja t'ho he dit, però en entrar els amics la van xafar i no en va quedar ni rastre... No ho podia provar. Ningú no em creuria...

—La policia té els seus mitjans d'investigació, ¿saps? Digues, ¿era Berta drogoaddicta?

—Que jo sàpiga, no... —va contestar—. Molt dissimulat havia de portar-ho... Una cosa d'aquestes és molt difícil d'ocultar entre nòvios...

—No ho cregues. Si un no està massa enganxat, pot dissimular-ho.

—Després del que m'està passant, no vull assegurar res —va dir.

—¿I l'amiga que va saltar la tanca?

—Aquesta, sí. Però ningú no podria demostrar-ho davant un jutge.

—¿I si Berta ho era i s'havien barallat per la droga? —insistí Irene.

Aquella suposició el va fer dubtar. ¿Era Berta drogoaddicta i havia sabut ocultar-li-ho?

—¡Ja no sé res! —va fer una pausa—: He de fugir, jo —va exclamar.

—Jo t'acompanyaré —digué Irene.

—Tu no ets d'aquesta guerra. A més, t'inculparien per encobridora. Ara te n'has d'anar. ¡Jo me les apanyaré millor tot sol!

—Com tu digues... —murmurà.

I a poc a poc, a la llum de l'espelma, s'abraçaren i es besaren, però quan Irene intentà anar més enllà i entregar-se a Ferran, ell va dir que no estava preparat, perquè era tanta la tensió acumulada, que desitjava només sentir-se estimat.

—Potser més endavant —va dir—. Encara me l'estime....

I la son es va apoderar d'ells molt de matinada.

Quan Ferran es despertà, va intentar alçar-se i fugir. Però no es podia desempellegar d'Irene, perquè tenia el braç dret sobre el seu pit. I temia apartar-li'l perquè tenia por que es despertara. A més, aquella brossa, si es movia, cruixia.

En una de tantes, Irene es tombà cap a l'altre costat. A poc a poc Ferran eixí del jaç de brosses. Obrí la porta amb compte de no fer soroll. En veure que Irene no es movia, encara va tenir temps per a escriure en la paret blanca, amb el bolígraf: «Irene, t'estime». I se'n va anar corrents. Però quan era lluny, a uns cinc-cents metres, sentí els crits d'Irene, des de davant de la caseta. Es girà per dir-li adéu, i que l'estimava, mentre ella començava a córrer cap a ell. Ell també va córrer, perquè encara no estava preparat per a acceptar-la. Ella cridava, s'aturava i tornava a córrer, tota enrabiada, en veure que ell estava decidit a no esperar-la. Quan Ferran entrà dins del poble, la va perdre de vista. Però no per sempre. Aquells ulls verds, la tendresa d'Irene, quedarien cisellats dins seu.

L'autopista passava a uns cents de metres de Vilafranca. De moment va resseguir-la, cap al nord. Havia de posar molts quilòmetres entre el poble on havia residit durant cinc dies i ell. Discretament. Ara no podia eixir a la carretera i deixar-se veure.

—Em faré créixer la barba i els cabells. Hauré de canviar d'aspecte. He començat a ser un fugitiu popular i conegut —mormolà.

V
La solitud dels dies

Resseguint l'autopista no tardà a descobrir que una via del tren hi corria paral·lela. La resseguia de pressa, perquè feia fred.

Quan havia fet uns quilòmetres de marxa, sentí molta gana. Havia de menjar. Però sòlid. Que només amb uns bagots de raïm collits ací o allà, quatre serves i alguna poma d'hivern que trobava pel camí no era prou per a enganyar l'estómac. Descobrí a mà esquerra, al cap d'uns quilòmetres, un poble. Era la Granada. S'hi acostà amb compte, a un bar als afores, i encomanà uns entrepans i beguda, com si la notícia de la vespra no l'afectara.

Va veure un quiosc de premsa unes cases més enllà. Encuriosit per si hi havia cap notícia que fera referència al seu cas, s'hi va acostar i comprà tres diaris diferents.

Tornà a la via. Va seure sota d'un arbre que hi havia uns metres més amunt i consultà la premsa. Un dels diaris no feia referència al seu cas. El segon diari, editat a Tarragona, en la pàgina de successos, publicava una breu nota:

«Identificat el noi que fugí després de l'accident.

»El noi que fugí després de l'accident que es produí a Torredembarra el proppassat dia cinc de novembre ha estat identificat pel conductor del camió. Es tracta de Ferran PV, natural de Gandia. Recordem que el camió bolcà i es van donar a la fuga el cotxe i la moto que presumiblement provocaren l'accident, segons testimoni del conductor del camió.

»Ferran PV també és buscat per la policia després de ser assassinada la seua exnòvia, Berta MN, també natural de Gandia. La jove, segons els resultats de l'autòpsia, morí estrangulada després de rebre un fort colp al cap.»

No deia res més.

—Primer la va colpejar i després la va estrangular. Doncs no hi vaig veure sang, a terra, jo... —Ferran rellegí la notícia—. De moment, estem igual —mormolà.

Va fullejar el tercer. La pàgina de successos duia també una breu nota:

«Troben restes de cocaïna a les soles de les sabates

»La policia que investiga el cas de la jove que morí estrangulada a Gandia el vespre del dia 4 de novembre, Berta MN, ha trobat restes de cocaïna en les soles del calçat dels joves que van envair els lavabos on era morta la jove. Recordem que la policia que investiga el cas també va trobar una paperina amb restes de cocaïna al jardí del xalet on succeí l'homicidi. Per aquesta causa el jutge que instrueix el cas ha obert una nova línia d'investigació.

»Continua sense aparéixer el jove Ferran PV que, després de cometre's l'homicidi, es va escapar del lloc dels fets.»

—¡Almenys han vist que era cert que hi havia droga en terra! —exclamà Ferran—. ¡No tardaràs a caure, Vanessa! —va cridar fort.

Tanmateix aquestes notícies no canviaren en res la seua decisió de continuar la fugida. L'embaràs de Berta era una prova clara del mòbil del crim i només ell era el principal sospitós. Continuà avant. No tenia pressa. Havia de fer temps per canviar d'aspecte. Al migdia passà prop de Sant Sadurní d'Anoia. Però continuà el camí perquè no li feia falta res.

Després de dinar descansà més de dues hores. Els peus li feien mal. Però mentre la via continuara cap al nord, havia d'avançar, allunyar-se'n. I al vespre, després de passar Gelida, buscà un lloc per a passar-hi la nit. Hi havia en la rodalia una cova on es podia recerar i s'hi quedà.

Quan ja es va fer fosc i ja havia sopat, tota la nit la tenia per a ell. Aquella foscor l'espantava. «Hauré de comprar una llanterna, que fa més claror», mormolà. La llum dels ciris era molt minsa.

Aquella nit ja no ocupava solament Berta els seus pensaments. Ni els seus pares ni els seus amics. Ni les nits següents. Tot i l'amor que sentia per Berta. Irene lluitava per fer-se un lloc en el seu cor. El cos tebi de Berta, de pell colrada pel sol de la platja, amb sabor de salnitre, deixava pas a la tebior d'Irene, amb la seua pell colrada pel sol de la verema. La timidesa de Berta, la seua inexperiència, els seus ulls encuriosits, deixaven pas a la dolçor dels llavis d'Irene, i quedaven esborrats davant la imatge dels seus ulls amorosits i parlaires... El silenci últim de Berta contrastava amb la xerradissa simpàtica d'Irene. Però el cos de Berta, fred, inert, continuava encara apoderant-se finalment de les seues imatges. I potser així es va quedar arraulit i es va adormir.

Comprà a Gelida la llanterna i les provisions. Hauria comprat més provisions si haguera sabut que al cap d'un quilòmetre es trobaria amb un gos perdut que se li acostà remenant la cua i olorant-li els peus en senyal de submissió. Com que no tenia ningú més amb qui xarrar, Ferran va deixar que el seguira i li va donar un nom: Tomàs, el nom que li havia donat a Irene.

Tomàs i Ferran es van quedar palplantats quan van arribar a Martorell. Ferran no sabia què fer. Si seguir cap al nord o passar per Barcelona, com li abellia. Perquè a Barcelona, entre tanta gent, podia passar desapercebut, ell. S'hi podria comprar més roba, que n'hi trobaria barata, i buscaria faena. Una faena esporàdica, és clar, no podia confiar en altra cosa.

—Mai no he estat a Barcelona. Només és que els peus els tinc rebentats. ¿Què fem, Tomàs? —va dir.

Tomàs va remenar la cua.

—Si veiem un bon amagatall, descansarem un dia. Em creixerà la barba una miqueta més i ens ho pensarem, mentrestant.

I així ho van fer. Va comprar un entrepà de llomello per a Tomàs i van resseguir la via, cap a Barcelona. Un quilòmetre més avant descobriren un xalet abandonat. Un incendi l'havia socarrat i no l'havien reparat.

—A nosaltres tant ens fa, ¿eh, Tomàs?

Tomàs va buscar un cara-sol, perquè feia fresca, aquell dia. Li donava la raó. Calia descansar.

I amb el gos, Ferran ja tenia amb qui distraure's i amb qui parlar. Perquè parlar amb un gos no està vist com un estat de follia. I a més, no contradiu mai. Dóna la raó o se'n va. Ferran arribaria a comprovar que de vegades hom s'entén millor amb ells que no amb algunes persones.

L'endemà, ben descansats, tots dos van matinar. Com que Sant Vicent de la Barca era prop, Ferran pensà de comprar-hi els entrepans i endreçar-se el cabell i la barba, que tampoc no calia anar fet un bandejat, perquè podria cridar més l'atenció. I així ho va fer. Al primer bar dels afores del poble, va manar a Tomàs que esperara a fora. Va entrar-hi, es va rasurar els sobrants de barba i va comprar els entrepans. Els seus i el de Tomàs.

Ja s'havia acostumat a no alçar sospites en entrar als bars dels afores dels pobles.

—Potser la gent no mira la tele o no fixa les imatges tant com creiem. Però tampoc no cal badar —es digué.

A mesura que s'acostaven a la conurbació de Barcelona, la infrastructura viària es transformava en més i més gegant i més i més deshumanitzada. Autopista, autovies, ponts que creuaven autovies i ponts que creuaven els ponts de les autovies. Ferran i Tomàs quedaven sovint marejats. El gos alçava les orelles perquè els tocava fer un volt immens per anar a l'altra banda de carretera.

—Ens compliquem la vida estúpidament, Tomàs. Tan gran que és el món, i tots volem viure en un pam de terra —va comentar-li—. Fixa-t'hi: tot barriades que fan temor i espanten. No sé si aguantarem molt, ací, tu i jo.

Calia arribar a Barcelona abans que es fera massa tard.

Ferran esperà que el tren anara buit, una vegada haguera transportat la gent de Barcelona als pobles i la dels pobles a Barcelona, i hi van pujar. Estaven tips de caminar. Per si de cas, Ferran es tancà al lavabo amb Tomàs, perquè no sabia si estava o no prohibit pujar-lo. A més, tancat al lavabo, Ferran evitava que algú el poguera reconéixer. I cap a les deu, va desembarcar a Barcelona amb Tomàs xafant-li els peus.

Els esperava la cosa més desconeguda. Perquè, per començar, en baixar a la plaça de Catalunya (pensava que devia ser el centre de Barcelona, com així era), van tardar mitja hora a trobar l'eixida, després de caminar per aquells túnels, fent voltes i tornant una i una altra vegada al mateix punt. Es mirava estranyat tot aquell món nou, que no tenia eixida a l'aire lliure.

Quan finalment van eixir a la plaça de Catalunya, a la part de dalt, aquell espectacle va ser meravellós. L'amplitud de la plaça, la seua llum, l'elegància dels edificis... Ferran sentí la temptació d'anar cap al centre de la plaça. No sabia com, però sempre hi havia gent. Gent caminant per les voreres, gent per a travessar d'una banda a l'altra del carrer, en formació, esperant el canvi dels semàfors. Gent en la mateixa plaça, asseguda o tombada sobre els seients com a únic recer.

—Tomàs, no som tu i jo sols els que hem de buscar on passar la nit a la intempèrie —va murmurar—. Açò farà que passem més desapercebuts. Els ulls de la policia tindran massa gent per a mirar i se'n cansaran.

I quan arribà al centre de la plaça, per un moment va imaginar que tot el món girava entorn seu. Allò era meravellós. Aquell pensament tan aclaparador, però, aviat en deixà pas a un altre. Eren al centre del món, però Tomàs i ell es trobaven sols. ¿De què els servia, doncs, ser el centre del món?

—En marxa, Tomàs —va dir.

I es van dirigir cap a un focus de llum que sobreeixia per damunt de tots, a l'altra banda de la plaça. En arribar-hi van saber per què. Eren les Rambles. Allí hi havia més gent, en aquella hora, que a l'hora d'eixida d'un partit de futbol. Com si tot el món s'hi haguera donat cita. Aviat va saber per què. Allò era el centre neuràlgic de la ciutat. A banda i banda hi havia tota mena de bars i restaurants, botigues, cinemes... I al mig hi havia quioscos i més quioscos, terrasses de bars i restaurants, floristeries, parades d'ocells i cadells de diferents animals, endevinadors del futur. Però allò més flipant, a més de la varietat de gent, de modes, era que de tant en tant es trobava amb mims, màgics, gent que tocava música, algun extravagant que es deixava veure... Aquelles Rambles eren el millor espectacle a l'aire lliure que mai havia vist. I allò, quan Ferran va trobar un lloc per a refugiar-se, entrada la matinada, el va fer reflexionar.

Van sopar, Tomàs i ell. A mesura que la nit avançava, també canviava la gent que passejava per les Rambles. Observà que la gent més *normal* minvava. I donava pas a gent més estrafolària. «Hi ha més llibertat, ací, i cada un va a la seua», seguia amb els seus pensaments, que tractaven de trobar una explicació a tota aquella novetat. Uns i altres passaven d'ell. Devia paréixer una persona estranya, amb aquella barba de dies, que encara no era ni carn ni peix. I amb un gos per companyia, que ni era de raça ni res que se li assemblara. Però ells tampoc no tenien res a ensenyar-li.

La humitat es va fer més i més palesa. Calia espavilar-se i buscar recer. Era la preocupació de cada nit. Però a Barcelona, com que les nits encara no eren gens fredes, era fàcil trobar un recer. Podia escollir, perquè hi havia portals oberts, places amb bancs arrecerats per arbres, porxos... Allí mateix a tocar de les Rambles hi havia una plaça porxada: la plaça Reial, va llegir. Però hi havia també gent per a passar-hi la nit que no li mereixia gens de confiança. Encara creia que l'aparença física era l'aparença de la voluntat. I va preferir entrar en un portal d'una finca que semblava molt antiga. En un racó, ell i Tomàs, van decidir passar la nit a Barcelona.

I mentre s'adormia, Ferran pensava quin era el sentit de tot allò i de la seua nova vida. Caminava entre milers de persones, tan diverses, i no coneixia ningú. En una ciutat tan gran, tant fa que siguen persones que una allau de pedres arrossegades pel riu. Hom pot entropessar amb la gent i no tenir comunicació. Era una contradicció que per una banda hom s'aglomerara per viure-hi i que per l'altra no hi haguera punts d'unió.

Potser era la seua solitud la que el feia pensar així. Perquè en realitat li agradava aquella diversitat de gent i de maneres. Tanmateix la seua opinió canvià lleugerament l'endemà. Es va despertar pels lladrucs de Tomàs. Tot li feia mal, per haver dormit damunt un terra dur. En obrir els ulls, va veure que Tomàs es mirava un gran cos que tenia al seu davant i que el mirava amb cara agra.

—¿Que no heu trobat millor llit, jove? —va grunyir.

Era un home gras, que duia a les mans una bossa de pa.

—Vaig arribar anit i no sabia on arrecerar-me —va dir—. Ja me'n vaig.

—Més val.

Al carrer hi havia una estranya activitat. Molt de xiuxiu. Hi havia obertes les tendes i els forns, obrien els comerços. I la gent es parava i parlava. Feia els seus comentaris. Hi havia crits des dels balcons. La vida s'assemblava a la de Gandia quan ell matinava. Hi havia, doncs, un doble joc, o un doble món. Li agradava més aquest món. Perquè quan va entrar al forn per comprar el pa, una dona molt amable li va dir si havia passat mala nit.

—He dormit en pena —va excusar-se.

—Se't nota en la cara, jove. Jo, si em desvetllo, també estic tot el dia malfeta. Ara, una bona rentada de cara, i un s'espavila, ¿saps?

—Sí, senyora.

Es va fregar els ulls per si portava alguna lleganya.

—Té, són d'ahir però encara estan bons —va donar-li dos pastissos—. Vejam si t'ajuden a espavilar.

—Moltes gràcies, senyora.

Era una barriada que desembocava a les Rambles. Ferran va comprar mescla en una altra tenda i va resseguir aquells carrers més aviat humits i estrets. Però aviat va fer cap a una gran plaça. Era la plaça Nova, on hi havia la catedral. Se la va mirar durant una llarga estona i després va passejar amb Tomàs pels carrers que encara conservaven cases d'estil gòtic. Fins que van fer cap a una altra plaça. Era la de Sant Jaume. La plaça li sonava d'haver-la vista en la tele perquè era on hi havia l'Ajuntament i la Generalitat. La travessà sense por de ser reconegut, perquè la barba el dissimulava. I per un altre carrer tornà a fer cap a les Rambles. Al fons hi havia l'estàtua a Colom. Ara el port, després el Moll de la Fusta. No hi hauria parat mai. Tot era nou i meravellós. Fins que es va trobar amb la Barceloneta. Allí sí que hi havia per a gastar-se diners si un en portava a muntons. ¡Quantes tendes de tota mena! Va mirar les de roba, perquè la roba estava a bon preu. En una d'elles es comprà una camisa i uns pantalons. Calia canviar de *look* definitivament. La barba prenia més cos, cada dia que passava. Però també li calia, després de recomptar els diners, buscar faena. No d'avui a demà, però sí sense tardar. Almenys reposar les despeses. Després que es va endreçar, canviar de roba i pentinar, entrà en alguns bars per demanar si tenien faena temporal.

Com que al migdia encara no havia trobat faena, ell i Tomàs van passar la vesprada al parc de la Ciutadella. El gos corria i amotinava la resta de gossos. Hi havia amos a qui els feia gràcia i d'altres a qui no; com que Tomàs no era gos de raça, l'apartaven bruscament. Tomàs era sentit i tornava al seu amo capcot i amb la cua entre cames.

—No te n'has de preocupar, Tomàs. Si només miren el teu pedigrí, no es mereixen que els faces cas.

Tomàs remenava les orelles, s'estava una estona quiet fins que el seu instint era superior al seu mirament i hi tornava.

—Anem, que hem de buscar faena, sinó, malament —va dir Ferran a Tomàs.

I ho va fer per aquells carrers que semblaven més discrets. Van fer cap a un carrer ample i llarg, que baixava de la muntanya. Era la Via Laietana. Tornaren a les Rambles, fins a l'hora d'anar a dormir.

L'endemà, cap al migdia, van admetre Ferran com a cambrer en un bar situat en un carrer estret i humit del nucli antic.

—El cambrer faltarà uns dies i necessito algú —va dir la dona, que es deia Carme.

El bar era de cuina gallega. El marisc saltava per la barra.

—Tindràs el menjar i tres mil pessetes per dia —va dir la dona.

—Bé.

Ferran manà a Tomàs que havia d'esperar-se fora, en un lloc discret on no molestara el pas de la gent. I així ho va fer, Tomàs. Ferran, de tant en tant, quan hi havia menys faena, abocava el cap al carrer i li deia:

—Estic ací, ¿sents?

El gos remenava la cua i les orelles. Al migdia, després de dinar, Ferran demanava a l'ama si podia guardar sobres per al gos.

—Agafa'n les que vulguis —deia amb indiferència.

Ferran n'agafava i en guardava la major part en una bosseta. En un paper en posava una part, eixia al carrer i li'n donava a Tomàs. Aquest ho agraïa saltant sobre ell, perquè era massa que haguera d'esperar fins a la nit.

Així van passar uns deu dies. Ferran tornava a tenir diners. De nit ell i Tomàs corrien Barcelona, feien sempre cap a les Rambles, perquè allò era el centre del món i finalment s'aixoplugaven al cancell d'un edifici antic, que era suficient per a protegir-los de la humitat de les nits.

El dia que feia onze, però, entrà al bar, a l'hora de dinar, un home de color. Demanà unes tapes. Però l'ama no se l'escoltava. I el marit, Anastasio, es feia l'orni. No tardà l'home de color a adonar-se que feia nosa. Es va alçar amablement, es va acostar a la barra i es dirigí a Anastasio:

—Desitjaria unes tapes, si no és molèstia —va dir en castellà amb accent estranger.

—No tenim les tapes que vosté vol, senyor —respongué de lluny Carme, la dona.

—¿Com? —digué l'home.

—Que no tenim les tapes que vosté vol, senyor —repetí Anastasio les paraules de la dona.

—No em poden prohibir que entre i que prenga el que desitge. Aquest és un país lliure i antiracista, senyor —exclamà l'home.

—El país, sí; nosaltres, no —contestà la dona amb veu enfurida.

Un jove que s'hi prenia una cervesa tirà la que li quedava a terra, ostentosament, i preguntà què devia.

Anastasio el va mirar amb sorpresa.

—És per si em fa mal —digué el jove—. Puta merda.

El jove va pagar i demanà a l'home de color si volia presentar una denúncia. Digué que no i el jove se'n va anar. Ferran ho va entendre. Dues taules que estaven plenes, murmuraven contra l'actitud dels amos, però no es van alçar de la cadira.

—Potser no mereix que en parlem més —digué l'home de color.

—No ho entenc —va intervenir Ferran, mirant la dona.

—¿Què no entens? —demanà Carme, estranyant-se que ell gosara protestar—. ¿Què no entens, eh?

—Que encara passen aquestes coses.

—Doncs, si no hi estàs conforme, agafes els trastos i te'n vas.

Ho va dir amb una cara de pomes agres, que no era normal. Com si responguera a una actitud, a més d'irracional, de venjança, o de reacció en contra, per alguna raó que els presents desconeixien.

—Si em paga el mig dia que em deu, de seguida, senyora —va dir Ferran amb energia.

—Paga-li —digué la dona a Anastasio.

Mentre aquest preparava els diners, Carme mormolava improperis contra els negres. I una de les coses que va dir potser era la raó de la seua reacció forassenyada.

—Que li ho diguin a la meva filla... Ningú no l'ha vista alegre des que aquells dos negres la van voler violar...

—Perdone, senyora, però si així fóra, hauria de prohibir l'entrada a blancs i a grocs... Cada dia hi ha notícies de blancs que violen —va gosar dir Ferran.

Però la reacció de la dona encara va ser més violenta. Se'n va venir cap a ell feta una fúria, agressiva, que el volia atacar.

—¡Carme! —cridà l'home.

Ferran temé que allò anara a més, per si calia avisar la policia. Sortosament, Carme va aturar el braç.

—Té, jove —digué Anastasio—, i vés-te'n, ¡au!...

Ferran va eixir al carrer i li va dir a Tomàs:

—Anem-hi, que fa pudor.

I es van posar a caminar per buscar on comprar el dinar.

—Després pensarem què fem —mormolà.

VI
Un sojorn a can Solà

Ferran va decidir que abandonarien Barcelona, perquè Tomàs, encara que no deia res, acabava fart d'esperar cada dia a la vorera. La ciutat no estava feta per a gossos solitaris. El problema era saber cap on anar i com, perquè ara les distàncies eren enormes. Viatjar en companyia de Tomàs amb autobús o amb tren era molt arriscat o impossible.

—Mentre passegem per Barcelona, ens ho pensarem —va dir a Tomàs.

Es van menjar els entrepans a la plaça d'Urquinaona i es van dirigir cap a la Sagrada Família, perquè a Ferran li abellia veure-la abans de marxar. Les agulles de les quatre torres que veia de lluny despertaven la seua curiositat. I entre les indicacions que llegia, les preguntes que feia, o les agulles que tornava a descobrir de tant en tant, hi va fer cap. Li hauria agradat tenir tot el temps del món per a contemplar cada detall de l'obra. L'arquitectònica i la imatgera. Allò era l'obra d'un geni, d'un home espiritual, capaç d'abastar el cel des de la terra. Pagava la pena perdre tot el temps que fóra necessari. L'estil imatger de la part més nova, que més tard va saber que l'esculpia Subirats, era diferent. Més tallada a braç, com si volguera guanyar temps, perquè avui el temps s'estava convertint en el valor més preat. Ell, però, apreciava la lentitud del temps, ara. No tenia pressa d'arribar enlloc, perquè mai no sabia on anava. Quan es va cansar de mirar i remirar l'obra de Gaudí, va indicar a Tomàs que podien anar passejant, i alhora acostar-se cap algun lloc que fóra de càrrega o descàrrega de mercaderies.

—Si Mercabarna estiguera prop... Però no sabem on para, ¿eh, Tomàs? —va mormolar.

Van vagar en direcció al nord. Barcelona s'obria cada vegada més en avingudes més amples. Era mitja vesprada. En girar una cantonada van veure un camió mitjà que descarregava aigua en un supermercat. Era aigua de Caldes de Malavella. Pràcticament el camió estava buit.

—Espera, Tomàs, que potser tindrem sort.

Es va acostar al camió i en la porta esquerra, la del conductor, indicava en el rètol que era del mateix Caldes de Malavella.

—Esperarem que el descarregue —va dir.

I efectivament, descarregaren l'aigua que quedava al camió. L'home va tancar la portella posterior i entrà al supermercat perquè li signaren l'albarà. Ferran i Tomàs es van acostar al camió.

—Vine, Tomàs. Crec que tindrem sort.

Com que no els veia ningú, va tirar el gos dins el remolc i ell s'hi va enfilar després. Es van arraulir en un racó i van confiar en la sort. Uns minuts més tard el camió arrancà. Eren les cinc de la vesprada. Ferran va observar pels senyals d'indicació que marxaven cap al nord. Com que era més de mitjan novembre, una hora més tard s'havia fet fosc. El viatge es feia llarguíssim. Quan Ferran creia que eren prop de Caldes de Malavella, travessaven Canet de Mar. Per una part estava content, perquè, com més llarg era el trajecte, més s'allunyava del món de la ciutat. Aquella immensitat de carrers, barriades, més avingudes i més barriades, que no veia mai una extensió de natura verge, l'aclaparava. No es deixava dominar.

Es va adonar que el camió abandonava la carretera de la costa, després d'entrar a Malgrat de Mar. «Ja ens devem dirigir cap a Caldes», va pensar. Efectivament, les paletes ja indicaven direcció a Girona. No va tardar a adonar-se que ja no hi havia tants pobles, a vora carretera. L'interior es feia més erm de gent. El camió corria més i no s'aturava amb tant de semàfor. Les estrelles es tornaven més i més brillants. Només trobava a faltar el menjar. No havia estat previsor.

El camió deixà la carretera i tombà a la dreta. El senyal indicava que Caldes de Malavella era a prop.

—Ens haurem de preparar, Tomàs —va mormolar Ferran.

Es van acostar a la part posterior del camió, disposats a saltar a la més mínima oportunitat. El camió va frenar una i més vegades en entrar al poble. En una de tantes, quan Ferran va veure que no eren observats, va agafar Tomàs i saltà fora del camió. Eren les set trenta del vespre. Feia humitat i gelor.

—Comprarem el tiberi i després buscarem on arrecerar-nos —digué.

En agafar la desviació cap al poble, Ferran havia observat que hi havia cases de camp, o masos, que podrien servir-los de refugi per a una nit.

Va entrar en un bar, comprà tres entrepans i beguda, i ell i Tomàs van recular. Amb la llanterna Ferran anà mirant les cases o masos que hi havia prop de la carretera. I va trobar una casa mig abandonada a un quilòmetre.

—És suficient per a passar una nit més, ¿eh, Tomàs? —digué.

La humitat li va calar els ossos. Tomàs es va arraulir contra el seu cos, coneixedor del fred que tenia el seu amic. Perquè era una nit serena, en què totes les constel·lacions se'ls miraven.

L'endemà van tornar a Caldes a comprar entrepans i referen de nou la carretera, camí de Girona. Començaren el camí a peu.

—Ja veurem com s'acaba —digué Ferran a Tomàs, que movia la cua i les orelles.

En passar el primer poble, al cap d'uns quilòmetres hi havia un hotel. S'hi van acostar perquè van observar una gran animació. Hi van veure molta gent, cavalls i ponis. En un rètol discret posava «Can Solà». Era una masia transformada en hotel. La gent preparava l'eixida a cavall o amb carro.

Ferran s'hi quedà mirant, perquè sempre li havien agradat els cavalls. Hi havia uns xiquets cridaners, il·lusionats de pujar en uns ponis. N'hi havia un altre, d'una altra família, més fadrí, que no volia pujar al cavall, gran, que li havia tocat. Preferia un poni, però no en quedaven més.

—Aniré amb *mountain-bike* —deia, remugant.

—Tots a cavall i tu en mountain-bike. Sí, home —protestava la mare.

—Aquest cavall em fa por —deia ell.

El van convéncer i de mala gana, muntà el cavall ensellat. Siga perquè el cavall, de color bai, sabia que el xic no anava a gust o perquè alguna moscarda li va picar, el cavall s'espantà, va fer unes guitzes, i es dirigí on era Ferran. El xiquet s'agafava d'on podia, després de soltar les regnes, fins que en acostar-se on era Ferran, que hagué d'apartar-se cap a un costat, el xiquet sortí disparat. Hi hagué uns forts crits, que intuïen que l'incident podia acabar tràgicament. Instintivament Ferran es va llançar a empomar el xiquet, i tots dos van rodolar per terra fins a pegar contra un dels pals de la tanca.

Els assistents van córrer per socórrer-los. En recollir-los i observar el dany que s'havien fet, a Ferran el van haver d'atendre en l'interior de l'hotel.

—Té una ferida al cap, aquest noi —digué el pare del xic.

—Cridarem el metge —deia la dona de la masia.

—Em trobe bé, només que em curen la ferida, n'hi haurà prou —insistia Ferran.

—Només perquè si del cop... —repetia la dona.

—Si no hi ha hagut desmai —deia el pare del xic—, no hi ha perill.

Per a la mare del xic, Ferran es va convertir en un heroi. I als amos de la masia els salvà d'un compromís, perquè si Carles, el xic que caigué del cavall, arriba a estavellar-se contra la tanca, es trenca la crisma.

Es van interessar per Ferran. Van dir si era tortosí, per l'accent. En saber que era valencià li preguntaren què feia tan lluny, amb un gos de companyia, perquè el veien ben vestit, educat i molt jove.

—Faig turisme a peu —es va excusar—, i com que aquest gos anava sol i m'ha seguit, no el podia despatxar.

Allò els va fer gràcia.

—Avui et quedaràs aquí a dinar i a passar el dia. Si demà estàs bé, ja marxaràs, si vols —digué l'ama.

Ferran es va resistir, però l'ama era més cabuda que ell. La dona estava agraïda, i també preocupada, diria uns dies després, i no volia deixar-lo anar amb el cap ferit. Però després de dinar, quan ja havien xarrat i s'havien pres confiança, li van oferir que ja que feia turisme, si volia, s'hi podia quedar, descansar un dies allà i conéixer la zona.

—A sobre et pagarem —digué la mestressa.

—Hi ha tanta demanda que no ens aclarim per a preparar els menjars, a tenir cura de la neteja, o dels cavalls, i amb un noi no en tenim prou —digué l'home.

L'home es deia Cinto, la dona Magda i el xic Joan.

—Si és així, que també puc moure'm per aquesta zona...

Quan més feina hi ha és de divendres a diumenge. La resta dels dies fas la feina de matí i de vesprada pots agafar un cavall i caminar pels voltants —digué Cinto.

—D'acord —va dir Ferran—. Em dic Esteve.

—Molt bé, Esteve. Benvingut.

El primer cap de setmana no li van permetre fer res, a causa de la ferida, perquè temien que se li endenyara. Ferran mirava com Joan ensenyava els clients a desaparellar les cavalleries, quan tornaven de fer la ruta, i a raspallar-les, perquè els clients havien de fer-ho tot. Per tant, Joan també els indicava com abeurar-les, com preparar-los el farratge, uns grapats d'ordi o de garrofes, que els encantaven, perquè calia que recuperaren les forces per l'endemà.

Diumenge al vespre se'n va anar aquell primer torn de clients, enmig de constants agraïments per part dels pares de Carles cap a Ferran, que el van invitar a anar a Manresa a passar uns dies amb ells, si volia. A mitjan setmana Ferran va decidir fer un volt amb Negre, un cavall preciós, arrogant però fidel, pels voltants de Can Solà. Tomàs corria alegre i jogasser, xafant les potes del cavall. Tot allò era una gran planura, travessada per la via del tren, en direcció a Girona, amb una depressió per on passava un riu, l'Onyar, que creua Girona i desaigua al Ter. Feia un sol tímid, com si amenaçara canvi de temps.

I fresca. Quasi fred. Aquella depressió, amb les fulles grogues o rogenques dels xops, els oms, grups de nogueres, freixes... I l'aigua que corria encara neta vorejant les soques, que el sol acaronava, en reflectir-s'hi, perquè era cada vegada més escassa l'aigua nítida i cristal·lina que el sol trobava per emmirallar-se.

Negre coneixia totes aquelles terres i trotava lleuger sabent quin era el camí més segur. De tant en tant s'aturava, es mirava l'aigua corriolera del riu, mossegava unes flors escadusseres i tornava a trotar com si ja tinguera programat el viatge, com si ell fóra el centre del món, perquè alçava el cap, orgullós, estirava les orelles, per sentir cada colp de peu que feia sobre la terra tova, exhibint-se davant de Tomàs, que mai no havia vist un espectacle tan meravellós ni acabava de fer-se la idea que el seu amic poguera anar sobre el llom d'un altre animal, per gran que fóra. Les hores passaven ràpidament sobre el llom de Negre i aviat es va fer fosc, perquè els dies s'escurçaven d'un dia a l'altre. I tornaven al mas. Ferran endreçava els animals, ajudava en les feines de casa, quan la senyora havia de plegar llençols i estovalles per tenirlos ben nets i plegats per al proper cap de setmana. Xerraven, veien la tele o feien una partida a cartes, que li havien ensenyat a jugar al ramondino.

Quan Ferran ajudà de valent, va ser el següent cap de setmana. No tenia prou mans per a ensenyar els membres de les cinc famílies que van arribar (era el màxim de gent que admetia físicament Can Solà) com aparellar els animals, com se cenyia el carro. Cinto i Joan explicaven als clients els diferents itineraris que podien fer, on trobarien una font, un paisatge bonic, on calia que descansaren, a quin mas podien acostar-s'hi si passava res... Els adjuntaven un tríptic dels camins, amb totes les indicacions assenyalades i, els clients, amb el menjar i la beguda que necessitaven, marxaven a la recerca de l'aventura i a passar un dia de vida en plena natura. Una natura que els negaven les ciutats sorollos i contaminades d'on generalment procedien.

Ferran hauria signat ja per quedar-s'hi tota la vida. Perquè de nit els clients es comportaven com si s'hagueren conegut tota la vida. Xerraven amigablement, contaven les peripècies del dia, si s'havien perdut durant una estona en agafar un camí equivocat, si la mare o el pare havien caigut per l'altra banda de la cavalleria en pujar amb un impuls exagerat, si l'altre havia fugit pel prat perseguit per una abella o un borinot. Les anècdotes de cada dia constituïen la salsa de cada vetlada. I com que sempre venia algun fill o filla de l'edat de Ferran, tenia amb qui intimar més. El senyor Cinto assegurava que Ferran havia trobat un bon lloc per a fer una bona parada. I es preguntava si els seus pares no patirien, i Ferran feia com que de tant en tant els telefonava per dir-los que es trobava bé.

—Els meus pares no estan massa a bé i jo estic millor fora de casa —va dir un dia, amb aire entristit. I la senyora Olga digué que s'hi podia quedar, que la faena es repartia millor així.

Fins que divendres de la setmana que feia quatre vingué una família de Sabadell amb quatre fills. Un d'ells tenia la síndrome de Down. Tenia uns tretze anys. Era un xic ben educat, perquè la família, amb gran poder adquisitiu, pel que aparentava, havia tingut una gran cura d'ell.

Aquesta família va estudiar els diferents itineraris que podien fer, i en van escollir un de llarg, perquè deleraven recórrer mig món a cavall. Van triar el que anava a

Sant Mateu de Montnegre i d'allí al santuari de la Mare de Déu dels Àngels, uns quilòmetres a la dreta de Girona, dins el terme de Sant Martí Vell. Però no gosaven deixar Xavier, el que tenia la síndrome de Down, anar tot el camí sol. Van demanar si Ferran els podria acompanyar i que Xavier muntara a la gropa en el seu cavall.

Va consultar-ho a la senyora Olga i digué que si ell volia, sense cap de problema.

—Xavier i jo muntarem el Negre —va dir Ferran.

Les dues filles eren de divuit, Mireia, i setze anys, Carlota. I l'altre fill, Jordi, de quinze.

Van eixir a primera hora del matí perquè el viatge era llarg. De matí feia fred. Ferran s'havia comprat roba adequada. Xavier s'agafava ben fort a Ferran, com son pare li havia indicat. En travessar el riu Onyar, ja es meravellà de la bellesa de la natura amb els seus colors tan variats. La senda era força transitable. Van travessar una barrancada que desaiguava a l'Onyar i per l'esquerra de Llambilles, es van encaminar cap a Sant Mateu de Montnegre. El paisatge es feia més costerut, perquè el poble era a uns tres-cents seixanta metres, al cim d'un turó. Era un poble abandonat de feia temps, on a penes pujaven algunes famílies velles a l'estiu i algú allargava l'estada fins entrada la tardor. Allí van arribar a hora d'esmorzar. Xavier i Ferran van recórrer el poblet abandonat. Aviat Xavier començà el joc de jugar a conill a amagar, entre aquells carrers costeruts, cases enrunades. Era força simpàtic i no havia callat en tot el viatge, contant històries d'amics, o admirant-se de cada cosa que veia i li encantava que Negre galopara. Reia per un no res. Com reia cada vegada que aconseguia escapolir-se de Ferran, després d'abocar el cap per una cantonada, per la porta d'una casa i ell no aconseguia trobar-lo. Al cap d'una estona ja estaven jugant els quatre fills del matrimoni, fins que el pare va dir:

—Si seguiu jugant, no arribarem al santuari.

Encara van jugar un poc més, perquè calia deixar el joc a poc a poc. I les rialles. I resseguiren l'itinerari. Pararen a beure a la font de Canaleta, que venia assenyalada en el mapa. Tenia molt bones propietats. Van parar al mas de Riera perquè mantenia tota l'estructura tradicional, amb els aparells de treball, en bon estat. Fins que es van acostar a la pista, ara asfaltada, que menava al santuari.

El santuari de la Mare de Déu dels Àngels era a uns cinc-cents metres d'alçada, sobre el puig Alt. Tenia una hostatgeria, del començament del segle XV, va indicar l'encarregat. Que també els informà que el 1710, durant la Guerra de Successió, va ser saquejat i en desaparegué la imatge medieval. Més tard, durant la Guerra del Francés, el 1809, fou incendiat i reconstruït poc temps després.

—Quina obsessió tenen les persones a destruir llocs tan bonics, que no fan mal a ningú —mormolà Ferran—. ¿És que les persones duem a dins el principi de la destrucció?

—Tampoc no és això, perquè hi ha qui construeix les coses —va dir el pare de Xavier.

—Doncs hi ha qui porta a dins el principi de la construcció, i per això el món avança, i hi ha qui porta el principi de la destrucció i per això de tant en tant ens enguerrem— va dir Ferran en to filosòfic.

—En fi, que les persones encara no estan acabades de civilitzar, si és que alguna vegada ho han estat —ho va arredonir la mare de Xavier.

De dalt del puig Alt s'albirava tota la plana. Els pobles i els masos que l'omplien. I Girona al fons, enmig d'una mar de terra sòlida. Després de visitar el santuari i l'hostatgeria, van dinar, van descansar i van haver de retornar perquè la vesprada era curta. Que és el problema de l'hivern. Del primer dia d'hivern, tot just.

Les baixades són perilloses per a cavalcar. I més l'asfalt de la pista, fins que van retornar a la senda de terra. Ferran va deixar que Xavier agafara una estona les regnes, assegut a la gropa. I era el xicot més feliç que Ferran mai no havia conegut. Gaudia quan Tomàs lladrava, a prop d'ells. Cridava els pares i els germans i hauria anat a la fi del món.

No va ser menys emocionant el viatge de l'endemà, diumenge, quan van baixar cap al Puig d'Arques, a la comarca de les Gavarres. Encara que no van arribar dalt de tot, pel mal peany. Però no era necessari, perquè abans d'arribar-hi la fresca de les seues obagues i el paisatge que s'estenia als seus peus, pagava la pena. I l'aigua de la font dels Tres Oms.

Quan retornaven cap a casa, Xavier deia i repetia que no volia que acabara el viatge, perquè l'endemà havia de tornar de bon matí a casa i ell estava més a gust a Can Solà. Son pare li assegurà que tornarien, quan el dia allargara una miqueta.

Però el viatge acabà. I acabà inesperadament, per a Ferran. Després de desaparellar, van raspallar els animals i els van abeurar i van donar-los el farratge. Quan Ferran tornà al menjador, ja dutxat, va veure a la porta d'entrada un cartell que no hi havia al matí. S'hi va atansar. I quina no va ser la seua sorpresa quan hi va veure la seua foto i un rètol. «Ferran, els teus amics confien en tu», deia el rètol, a més d'indicar l'edat, com vestia quan fugí, el telèfon i adreça de contacte. Ferran es quedà sorprés. ¿Per què els seus amics, que l'havien acusat, ara invertien tot aquell capital i temps per dir-li que confiaven en ell? No hi havia cap acusació ni cap recerca per assassinat.

—Ara reconeixen que em van acusar precipitadament —es digué. I aflorà en ell un sentiment d'agraïment, en veure el que devien estar fent per trobar-lo, el que potser devien estar patint per la conducta que van tenir cap a ell...

—No són mals xicots. Anaven beguts i no sabien què deien —mormolà—. Potser m'han tret per la tele, fins i tot... —rigué.

La sort l'acompanyà, ja que, en deixar-se barba i dur els cabells més llargs, no havia estat reconegut tot i els ulls que captaven la mirada. Això va creure. Però sabia que ja no podia quedar-se més temps a Can Solà.

No podia traure el cartell, perquè es preguntarien qui ho havia fet. Va estar pendent si algú feia cap comentari. De sobte li va entrar un dubte. ¿I si el senyor Cinto i la senyora Olga l'havien reconegut i ja tenien avisada la policia? No els en creia capaços. Els va vigilar i res no indicava que sospitaren d'ell.

Ferran va sopar. Va fer la xarrada. Xavier era al seu costat, que no se'l podia traure de damunt. Era el seu heroi, el referent de la proesa que ell havia fet de conduir les regnes de Negre... Era el més feliç de tots els clients. I Ferran aprengué com poden arribar a ser d'afectuoses i tendres aquestes persones. Agraïdes i felices. Que Xavier hauria anat amb ell on fóra. Però on Ferran tenia decidit anar, a partir de l'endemà, Xavier no tenia cap obligació d'anar-hi.

A punt de dormir, quan ja els clients s'havien retirat, Ferran va dir a la senyora Olga:

—Demà me n'aniré. Si vol donar-me alguna cosa...

—¿I com és això, Esteve? —es va estranyar.

—Ja és hora que torne a casa. Ja he fet prou de turisme.

—Sí que ho sentirem —digué ella.

L'endemà Ferran va acomiadar de matinada els clients. Ningú no tenia per què saber que ell també se n'anava. Després el senyor Cinto i la senyora Olga el van cridar. Li van pagar i es van acomiadar.

—Adéu, Ferran. Ja veus que els teus amics confien en tu —digué la senyora Olga—. Estàs força canviat, però.

Es va quedar tan parat, que en un principi no va saber què contestar.

—¿L'han dut ells?

—Van entrar dos joves. Diu que venien de baix i tenien intenció d'arribar fins a la frontera—. I canviant la veu i fent-la més suau afegí—: Diuen que la policia sap que ets per aquí...

—No sé per què es preocupen tant... —va comentar només.

—Quan ells confien en tu, confia-hi. No volem saber per què. Has sigut molt bon noi. Si algú demana per tu, direm que com que duies barba no t'hem reconegut.

—Au, vés tranquil —digué el senyor Cinto.

Ignoraven el motiu del cartell, ells, per això semblaven més confiats. Els va donar la mà i Ferran i Tomàs se'n van anar, amb la rosada encara sobre l'herba. I un nus a la gola, perquè Ferran s'hauria quedat en aquella masia-hotel tota la vida.

VII
Una mort inesperada

Van eixir a la carretera. Ferran duia més diners que mai. Podia respirar tranquil durant molts dies. Va pensar que compraria més roba, perquè les nits eren fredes. Mentre caminava cap a Girona, amb tots els pensaments, els més immediatament llunyans i els més propers, vigilava si veia venir la policia i s'havia d'ocultar, ja que sabia que estaven a l'aguait.

—Fins ara tot ens ha eixit bé, Tomàs —va comentar en veu alta.

Tomàs remenava la cua.

Va ser cap a les onze del matí, quan ja estaven a les envistes de Girona, que el trànsit es feia més intens, quan Ferran decidí passar d'una banda a l'altra de carretera, per agafar-ne una altra menys concorreguda, que va passar allò inesperat, i tràgic. Ferran féu l'acció d'anar a passar a l'altra banda i Tomàs el va seguir i es va posar davant seu. Però un cotxe venia més llançat del que havia semblat. Ferran es va retirar a temps, encara que el cotxe li passà a menys de dos pams dels nassos. Però encara que el cotxe tractà d'esquivar Tomàs, l'agafà per davant i del colp va fer cap quinze metres més avant. El conductor del cotxe, com que anava tant de pressa, no parà sinó uns cent cinquanta metres més enllà, perquè els que li anaven al darrere no li permetien frenar com ell volia. Ferran va córrer cap a Tomàs i el retirà de la carretera, perquè no el xafara ningú més. Però era mort. Tenia el cap i les potes del davant esclafats. Com que Ferran estava espantat i a més no volia veure's en cap embolic per si cridaven la policia, en veure que l'amo del cotxe es dirigia cap al lloc de l'accident, va saltar la tanca de la carretera i va fugir prudentment, i es va emportar Tomàs, perquè no el volia deixar sense enterrar.

Efectivament, l'amo del cotxe, en veure que Ferran havia desaparegut, se'n tornà al cotxe, i els va maleir, a ell i al gos.

Ja lluny de la carretera, Ferran parà on va veure terra tova, i amb les mans i un pal excavà un bon clot i enterrà el que fins aquell moment havia estat el seu company. Al damunt del petit cavalló hi va posar dues pedres grosses. *In memoriam* de l'amic més fidel que havia tingut. Del company i amic, mormolà.

—Adéu, Tomàs.

Va plorar, perquè es quedava sol. Sol i buscat. Enmig d'unes terres desconegudes, que encara sort que s'hi sentia un poc com a casa per l'idioma.

Va ser un colp fort i entrà en crisi. Fins a arribar a Girona, caminava com un zombi i el seu cap no coordinava. I no es va asserenar fins que no va dinar i passejà pels estrets carrers d'aquella ciutat. ¿Què feia ell sol enmig d'aquella ciutat, històrica i preciosa? Ferran no estava per a aquelles històries. En passar per davant de l'estació de trens, va pensar d'embarcar-s'hi. ¿Cap on? Continuà passejant. Fins que va veure passar un autobús de línia. Va tenir una idea: acostar-se a l'estació d'autobusos i veure si anava enlloc. Perquè potser fugint d'on era a cada moment, arribaria al lloc desitjat.

Hi havia uns autobusos amb diferents destinacions. Però el que més li va fer el pes era el que es dirigia al cap de cinc minuts a Vic. Havia de posar terra entremig, en una direcció possible i despistadora. Si sempre havia anat cap al nord, ara aniria cap a l'oest.

Aquesta decisió el salvà de caure en les mans de la policia. La policia no havia deixat de seguir el seu rastre, després de localitzar-lo a Vilafranca del Penedès... A Ferran el salvà l'autobús que casualment veié i que l'induí a marxar. Sortosament, quan la policia preguntà a l'estació d'autobusos per ell, ningú no l'havia reconegut.

Mentre recorria Vic com un somnàmbul, Ferran passà per davant d'un temple romà i va seure a la plaça del Bisbe Oliva, que tenia en un dels costats un preciós campanar d'estil romànic. Mentre amb desgana contemplava les columnes de les finestres, va escoltar les notícies en el petit transistor d'un ancià que prenia el sol assegut al banc del seu costat. I una d'aquelles notícies feia referència a la pista que la policia tenia sobre ell. L'últim lloc on Ferran havia estat localitzat havia sigut la masia-hotel de Can Solà. Li va entrar un calfred. "De poc m'hi cacen", pensà. Mai no s'hi havia imaginat que era tan important. La notícia el va acabar de desvetlar, ja que el cara-sol l'havia ensopit. Es va alçar amb indiferència. Es va dirigir cap als afores de la població i va resseguir de lluny la carretera que tornava a Barcelona. Quan cregué, dos quilòmetres més avall, que podia estar fora de perill, s'hi va acostar. Havia de fugir ràpidament, perquè la policia potser l'esperava a l'estació d'autobusos.

No va tenir sort fins a arribar a Malla, uns quilòmetres més avall. Hi havia un camioner engegant el camió.

—¿Vol companyia? —li preguntà.

El mirà atentament. I com que vestia bé i duia la barba ben cuidada, digué:

—Vaig cap a Lleida.

—Precisament, cap allí m'hi dirigia —va mentir.

—Puja.

Duia mercaderia per al mercat de Lleida.

—Espero que no trobarem gaire boira —va dir.

—¿És que n'hi ha? —preguntà Ferran.

—A les planes. De vegades es posa boira i dura una o dues setmanes. En diuen inversió tèrmica. El fred i la boira són a sota, i la calor a sobre. Coses del temps.

Ferran havia aprés a imitar una mica l'accent d'aquelles terres. Per la qual cosa aquell conductor demanà de quina comarca era.

—Tens un accent molt especial —digué.

—És que m'he criat a França, de menut, i m'ha quedat un accent especial —va tenir la feliç idea—. Per això de vegades barrejo un poc.

El xofer digué que també ell solia viatjar per França, per dur fruita als diferents mercats o determinats clients que la compraven.

Ferran va voler invitar el conductor a sopar, perquè no creguera que era un pobre desgraciat. Però el conductor no ho acceptà. L'invità ell i només va permetre que li pagara el café i una copa de brandi.

En deixar Tàrrega trobaren bancs de boira i hagueren de transitar amb molta precaució. A la cruïlla amb Anglesola es van trobar amb la guàrdia de trànsit. Ferran es va arraulir lleugerament, encara que sabia que era la boira el que els preocupava. El trànsit es va fer dens i no es normalitzà fins passar Mollerussa. Però les patrulles de trànsit sovintejaren.

Van arribar a Lleida cap a la una de la nit, amb una hora de retard. Ferran s'acomiadà del conductor i amb una humitat de mil dimônis va recórrer la ciutat fins a trobar un recer on passar la nit. El trobà al portal d'Indíbil i Mandoni, després que s'assegurà que ningú no l'havia vist acostar-s'hi, ja que per ser un monument important i cèntric, podria cridar l'atenció si no s'hi ocultava discretament.

L'endemà, en clarejar, se n'aniria. Però abans que Ferran es decidira a abandonar el monument, es va trobar amb la guàrdia urbana al davant.

Va considerar que havia arribat el seu final.

—¿No sap que no és lloc per a dormir? —el va informar un dels guàrdies en castellà.

—Perdonen, però feia molta humitat, he arribat tard de la ciutat i no he sabut on anar.

Com que els va contestar en català, els va descol·locar.

—¿Cap on va? —van preguntar amablement.

—He decidit fer turisme a peu i dormir als albergs. Però he arribat, com els he dit molt tard, perquè hi havia boira —es va excusar—, i no he tingut temps de demanar per l'alberg.

—¿Ens ensenya la documentació? —digué el mateix guàrdia.

La va traure, amb tota naturalitat. I els la va mostrar.

En veure el carnet en van tenir prou per deixar-lo anar.

—L'alberg està uns carrers més avall. Si pensa passar la nit aquí, seguesca fins aquella cantonada, tombe a la dreta. Al final del carrer, fa cantonada a mà esquerra.

—Gràcies —va dir-los.

I va simular que s'hi dirigia. Però, no. Continuà endavant, es va palpar la butxaca i tot estava en regla. Es comprà uns entrepans al primer bar que trobà obert. En arribar als afores de Lleida, per la part nord, tenia dues opcions. O agafar la carretera que menava a Vielha, a la Vall d'Aran, o la que conduïa cap a Tremp. Va pensar que la més vigilada devia ser la de Vielha. I com que totes dues anaven cap al nord, cap als Pirineus, era millor agafar la menys transitada. Provaria sort. I es posà a caminar esperant que algú volguera pujar-lo. Tot i que el sol l'acaronava amb els seus primers rajos, feia un fred i una humitat que el feia apressar el pas. Perquè el cel estava cobert. No sabia si de núvols espessos o d'una boira alta. Es tractava de caminar o de morir de fred, pensà. Millor caminar.

VIII

A la recerca d'Irene

Al cap de poc de caminar va començar a caure un plugim, com matacabres. Malament, va pensar Ferran. Aquell plugim podia tornar-se neu. Perquè era fred. No podia, però, retrocedir. Es va alçar el coll de la caçadora, fins a tapar-se els lòbuls de les orelles, que era on més sentia el fred, i les mans a les butxaques.

Va fer uns tres quilòmetres. Era el Pla de Lleida. Fins que prop d'Alcoletge va parar un Citroën matrícula d'Osca.

—¿Va molt lluny? —li preguntà en català.

—Cap a Tremp —va contestar.

—Vaig a Balaguer, si vol l'hi porto.

¿Qui no aprofitava l'ocasió, amb el rostre mig mullat pel plugim?

L'home va dir que era de Saidí, un poblet a prop de Fraga.

—Tu deus ser tortosí —li digué.

—Sí —va mentir Ferran.

—És per l'accent. En conec alguns d'allà —confessà.

Ferran mai no havia sabut que tenia accent tortosí, però si ell ho deia...

Uns quilòmetres més avant es posà a nevar. No havia vist mai nevar, ell. I a mesura que s'animava, era bellíssim. Veure com queien tots aquells borrallons sobre aquella plana, com a petits paracaigudes, era fantàstic. A poc a poc la neu havia començat a quallar i cobria com un vel blanc diferents indrets del pla i dels tossals. Les branques d'alguns arbres escadussers, els rastolls del blat o els entresolcs llaurats.

—Tindrem un Nadal blanc —comentà l'home.

La vista de Balaguer, amb el Segre com a fons, va ser inoblidable. La neu ja cobria les velles teulades, perquè Balaguer es veia com un poble amb un nucli antic molt envellit. Però l'efecte era preciós. Encara més quan l'home de Saidí entrà a Balaguer pel pont vell que travessava el riu, amb quatre ulls, i a la seua riba dreta hi havia un vell castell, que amb la neu que el cobria semblava rejovenir-se com una núvia, i a prop seu un santuari que va saber que era el del Sant Crist. Als seus peus hi havia un grapat de xops, amb alguna fulla escadussera. I la imatge era per a foto.

—Si vosté vol prendre un café... —va dir a l'home.

—Gràcies, però tinc pressa. A tu encara et queda un llarg camí —va contestar.

—Si la neu no em barra el pas —va bromejar.

—No fa cara de passar-se'n —digué.

Aquell home ho entenia més que Ferran. Perquè ara parava de nevar i més tard resseguia, però sense l'empenta que feia témer una primera gran nevada. Es va fer un café amb llet i uns pastissos. A més d'escalfar-se el cos per dins, amb el got s'escalfava les mans. Aquell petit descans va ser com el repòs del guerrer. Però, ¿què feia ell a Balaguer? Era massa prop de Lleida i el buscarien per aquella rodalia, ara. Va pagar i va travessar el carrer. Es trobà enmig d'una plaça preciosa. Amb porxes. Era el Mercadal, va llegir. I al fons, semblava que sobreeixint dalt d'un turó, hi havia una església gòtica que va saber que era dedicada a Santa Maria. Després de fer una ullada a aquell centre històric i descansar del cotxe, perquè el fred ja no era tan intens, va tornar a la carretera. En direcció a Tremp. Però en agafar la carretera, aviat li van canviar tots els esquemes. Perquè els rètols indicatius, a més d'indicar Tremp, també indicaven Sort. Irene li digué que era d'un poblet a tocar de Sort. Va pensar, doncs, que el seu destí havia de ser Sort.

—Buscaré Irene i m'hi confiaré —es digué.

A partir de Balaguer, fóra perquè no era cap de setmana i la neu encara no havia cobert les pistes d'esquí, fóra pel mal temps, la carretera no era molt transitada. Pensà que li costaria trobar algú que el poguera pujar fins a algun poble pròxim. Un quilòmetre i mig més avant hi havia un bar restaurant. S'hi quedà a esperar una oportunitat fins a l'hora de dinar.

Demanà un altre café amb llet. Se'l va beure lentament, per fer córrer el temps. I li va anar bé. Perquè entrà un home, dient que a penes tenia temps de fer-se café i copa abans d'arribar a Àger.

—¿On és Àger, senyor? —va demanar Ferran.

—¿Àger? A la meitat de camí, entre Balaguer i Tremp, jove.

—¿Que m'hi podria portar? Vaig cap a Tremp.

—Sí, home.

Ferran pagà el café, cosa que l'home va acceptar amb protestes, van pujar en un Ford Orion i van eixir cap a Àger.

Nevava i no nevava. Feia un ventet que no anava a més. El paisatge es feia cada vegada més bonic. Però quan va veure Àger de dalt de la carretera en plena vall, sobre un turó, untat de neu, en quedà enamorat. Cada revolt de camí era una sorpresa de paisatge.

—Tinc un amic que va cada vesprada a Sort, a portar-hi el peix. Passa per Tremp; li diré que t'hi porte —digué l'home.

—Moltes gràcies —li va dir.

L'home es deia Miquel. Arribats a Àger, va presentar Ferran al senyor Josep.

—A dos quarts de tres t'espero davant de la porta —digué ell.

—Seré puntual —contestà Ferran.

I va buscar un bar per dinar. Després, com que quedava mitja hora llarga, va passejar pel poble. Àger estava sobre un turó. A dalt del turó hi havia el castell, rodejat de muralla, i una col·legiata, mig enderrocada. I tot allò ho compartia ell sol, que no podia ni mormolar quatre mots amb el Tomàs. I tot sol i amb aquell fred, va mirar cap a Sort. Perquè quan va pujar a la furgoneta del senyor Josep, li va dir que també arribaria a Sort, que s'ho havia pensat millor.

—¿Vas sense rumb? —digué.

—És la millor manera de fer turisme —va replicar.

—Mal oratge.

—Té el seu encant. Són terres noves, nous paisatges. M'encanta.

Ell va quedar satisfet, que alabara aquella terra. I era per a això i per a molt més, perquè vorejaven el pantà de Terradets, seguint el Noguera Pallaresa, i a l'esquerra hi havia la muntanya i passos estrets, i era emocionant.

Van passar per Tremp. A la dreta hi havia el pantà. El cor li va bategar fort quan finalment va veure indicat Sort. Sabia que Irene no vivia a Sort, que l'hauria de buscar pels pobles dels encontorns. Però això s'ho trobava fet, ell. De la Pobla de Segur a Sort era tot un encant de paisatge, perquè havia nevat més, i quan va descobrir Gerri de la Sal, s'hi hauria quedat. A la riba del Noguera hi havia encara les velles salines. Vigilades per una ermita vella, a l'altra banda del pont.

—Ara ja ve Sort —digué el senyor Miquel.

Sort se li va fer etern. A cada revolt esperava que hi aparegüera. Però el Noguera Pallaresa l'ocultava entre barrancs, turons i boscos. Després van aparéixer camps de pastures. I enmig de la depressió, com a capital del Pallars Sobirà, aparegué Sort, a la riba dreta del riu, sobre un esperó rocallós. El poble no es veia massa gran, i es distingia la part antiga de la nova, que tenia moderns edificis i hotels. Eren les quatre quan van arribar, i com que el dia estava ennuvolat, semblava que anava a fer-se de nit en qualsevol moment.

De totes maneres ell mirava per si veia casualment Irene. Hi podia haver vingut a comprar. Si el seu era un poblet tan menut, devien venir sovint a Sort.

—Ja hi hem arribat —digué l'home.

Havia parat davant d'una peixateria. Ja hi havia algunes dones esperant l'arribada del peix. Ferran va pensar què podria significar per a la gent que vivia tan terra endins l'arribada del peix. Si no havien vist la mar, ¿com se la devien imaginar? Una vegada Ferran va veure arribar un autobús amb xiquets que venien de Guadalajara, quan van descobrir el mar es van abocar tots a un costat de l'autobús que de poc el van fer bolcar.

—Ei, jove, que ja hi hem arribat —tornà a dir-li el senyor Josep.

—Ah, sí, perdone, m'havia distret —es va excusar.

—El viatge es fa pesat, amb tant de revolt —digué.

—No, el viatge ha estat preciós.

Li encaixà la mà.

Ara es trobava sol a Sort. Però delerava trobar Irene. Li havia robat el cor, i en la seua solitud, ella era tota la seua esperança. Havia d'informar-se quins poblets hi havia prop de Sort. Els recorreria un a un fins a trobar Irene.

Abans d'arribar a Sort van travessar dos poblets petits. El primer semblava que estava deshabitat. El segon, ho pareixia. Va entrar en un bar, al carrer principal, es va fer un café i s'informà dels poblets que hi havia.

—Aquí a l'esquerra, en un rotlle, en té cinc o sis —l'informà el cambrer amb tot detall—. Estan deshabitats o quasi. Només s'omplen de gent quan arriba l'estiu o la neu. Hi ha alguns refugis. Una mica més amunt, seguint la carretera, n'hi ha dos més. La majoria de gent ha vingut a Sort a viure o ha emigrat cap a Lleida o Barcelona.

—Vaig conéixer en un campament un xicot que em va dir que era d'un poblet prop d'ací. Però no me'n digué el nom. Com que tinc temps, potser el busque —va dir.

—¿D'un d'aquests poblets? ¿Li va dir si hi vivia? —s'estranyà el cambrer.

—Crec que sí...

—A penes si hi ha dos pobles que tinguen quatre habitants. I no són joves... En fi, si té cotxe, en un matí els recorrerà tots. I no li serà difícil trobar-lo —rigué—. ¿Com es diu, el seu amic?

—Jordi. Té una germana que es diu Irene —va dir Ferran.

—De Jordis n'és ple. Però que tinga una germana que es diga Irene... Conec algunes joves que es diuen Irene. Tres o quatre. Una és d'un poble d'aquests, crec. Però no li conec cap germà que es diga Jordi. Té una germana que es diu Teresa, més jove que ella. Però viuen aquí, jove, ja fa uns anys...

—No m'ho digué —va dir.

—Van venint a poc a poc. A l'hivern no hi viu ningú. Però mantenen les cases dels pobles. Hi tornen a passar temporades, quan fa més bo.

—I aquesta Irene, ¿no sap per on viu?

El mirà una mica estranyat, perquè si no era la que ell buscava, ¿per a què li ho preguntava?

—En una d'aquestes finques del barri nou, les que hi ha entre el barranc i el riu.

Amb l'esperança de trobar Irene, va eixir a passejar per Sort. Va mirar als bars i a les tendes de tota mena. Però no va veure Irene. Com que es feia fosc de pressa, va pensar que era qüestió de buscar el refugi per a passar la nit, que seria freda. I va comprar-se una flassada, a més de dos diaris. Ho podia necessitar tot. Però recorrent el poble, va tornar a la plaça Major, on hi ha l'església. Com que era oberta, hi va entrar. Si podia, aquest seria el seu refugi. I com que duia els entrepans del matí, es va arraulir en un dels altars, quan les dues últimes velletes en van eixir. Més tard van tancar la porta i tot es tornà fosc. Estava preparat per si algun sant o ànima en pena baixava per visitar-lo a mitjanit. Però no ho va fer ningú, potser pel fred o per la humitat que hi feia, si és que ells també els noten. Els fulls de diari, junt amb la flassada, li van venir de primera, perquè va ser una manera d'aïllar-se de la humitat. No sabé si va ser per l'olor de cera que li van venir, durant el somni que va tenir, records d'infantesa. Era a l'església el dia de la seua primera comunió. Hi havia més nens i nenes, alguns estranys, que no acabava de reconéixer. I hi havia els seus pares i la seua germana menuda. I quan havia d'eixir a prendre la comunió, es va quedar parat al banc, que no se'n volia moure. La mare insistia i l'agafava pel braç, i l'hi forçava. Però no hi havia manera de fer-lo eixir del banc. Tota l'església el mirava i el capellà, vestit de dia de difunts, l'observava amb cara severa. Ferran va assenyalar a un costat de l'església. Hi havia el seu avi, mort, i el mateix capellà li oficiava les exèquies. Els seus pares, de sobte, havien canviat de lloc i ploraven a vora el seu avi. Havien desaparegut els xiquets i xiquetes de comunió. Es va despertar, amb el cor que li bategava.

Encara es veia tot fosc a través de les vidrieres de l'església. Va intentar adormir-se, si bé el somni que havia tingut li feia obrir un ull de tant en tant. Fins que va sentir una clau que obria la porta d'entrada de l'església. Es quedà quiet, tot arraulit. L'home marxà cap a la sagristia i encengué uns llums. Abans que els feligresos hi entraren i el descobriren gitat a terra i armaren un sambori, Ferran es va alçar. Retirà els fulls de paper, plegà la flassada i va seure en un banc. Al carrer, a més de fosca, feia molt de fred. Es tocà la butxaca per assegurar-se que duia l'arracada. Però, no. Es posà la mà a la butxaca i l'escorcollà per tots els costats. Es tornà pàl·lid. Es dirigí a l'altar on havia passat la nit. Buscà i rebuscà. Passà la mà cent vegades pel mateix lloc. Tornà a desplegar la flassada i cada paper. El clínex amb l'arracada no hi apareixia.

—Embolicada amb el clínex, no és tan fàcil que l'haja perduda ací —es digué, amb el cor en un puny.

Va decidir esperar com un devot feligrés mentre refeia tota la ruta i mirava de recordar què havia fet.

—Quan he eixit de Lleida encara la portava —es deia—. Després he refet el camí a peu. No és fàcil que l'haja perduda caminant. Però podria ser... —dubtava—. Després he pujat al Citroën de l'home de Saidí, al Ford Orion del senyor Miquel i, en últim lloc, a la furgoneta que m'ha dut fins a Sort... ¡Hauré de recular, no tinc altre remei!

IX
L'arracada

Va oir la missa sencera. Abans d'abandonar l'església, ho recollí tot. Una vegada al carrer, entrà al mateix bar que la vespra i mentre li servien un café amb llet, s'endreçà als lavabos. Ja era un home nou.

—¿Ha trobat el seu amic? —li demanà l'home del bar.

—Avui em disposaré a buscar-lo. Era massa tard, anit.

—No és gran el poble, ni massa la gent, ¿sap? Si és per aquí, el trobarà, que tothom acaba sortint al carrer. Si és estudiant, haurà d'anar a l'institut. Aquí hi ha un institut comarcal que recull els estudiants dels encontorns, ¿m'entén?

—Sí. Supose que continua estudiant. Potser COU —digué Ferran per despistar.

Tot seguit es dirigí a la peixateria. Eren les nou i ja havien obert.

—Bon dia —va dir a la mestressa, que ja estava ben abillada.

—Hola, jove...

—És que vaig arribar anit en la furgoneta del senyor Josep, que em va portar des d'Àger.

—Vosté dirà...

—És que he perdut una cosa, i volia comprovar si és a la furgoneta —li va explicar—. Si em vol donar el número de telèfon, li ho preguntaré.

—No calia més, jove... Mire —va dir donant-li una targeta—. Aquest és el de la peixateria a Sort, ja ho veu, i aquest és el de la peixateria d'Àger. Si truca a primera hora, encara el trobarà a casa.

—Moltes gràcies.

Ferran buscà una cabina telefònica i telefonà al senyor Josep.

—Diga'm —va dir la dona.

—Vull parlar amb el senyor Josep, senyora. Si em fa el favor...

—Doncs no hi és, en aquest moment; serà d'ací a una hora, més o menys. ¿Qui el busca? —digué ella.

—El jove que l'acompanyà ahir fins a Sort... ¿Voldria dir-li que mire per si troba dins la furgoneta un clínex amb una arracada? És que no sé si l'hi he perdut o què... Ja passaria més tard per Àger, o els telefonaria.

—¿Un clínex amb una arracada, m'ha dit? —repetí la senyora.

—Sí.

—Ara li ho miro, perquè la furgoneta és aquí al carrer... No se'n retire.

Ferran ficà una moneda de vint duros en la ranura. Esperà uns moments. Finalment la dona es tornà a posar a l'aparell.

—Mire, jove, no hi ha res, a la furgona, ¿m'entén?

—...

—He mirat i remirat bé, ¿sap? Jo crec que s'hi veuria bé, un clínex, però, no... Ho sento.

—Moltes gràcies... ¿I sap on puc trobar el senyor Miquel?

—¿El senyor Miquel?...

—El que em va dur fins a Àger, que coneix el seu home...

—Ah, sí, home, és clar... Sé que viu a Maials... Però no sé res més. Per a això haurà d'esperar que arribe el meu home, ¿sap?

—Ja telefonaré o passaré per Àger. Si fóra tan amable de preguntar-li-ho...

—Ja li ho preguntaré, no se n'ha de preocupar.

Ferran no volia perdre temps, perquè el temps era essencial. Es va dirigir cap a l'eixida de Sort, disposat a tornar a Àger per informar-se sobre el senyor Miquel. Potser el clínex era sota el seient del Ford Orion.

Situat en la cruïlla de Bressui, feia autostop.

—¿Cap on va? —demanà el conductor d'un Opel roig.

—Vaig a Àger.

—Puge.

Ara el Noguera Pallaresa quedava a l'esquerra. Les aigües corrien en el mateix sentit que el cotxe. Però Ferran ja no s'entretenia a mirar la bellesa dels gorgs, els meandres, les timbes que quedaven a recer de les baranes de protecció. Fins que el Noguera Pallaresa quedà enganxat per la mà de Sant Oïsme, a l'altra banda de la riba, i, resseguint un dels seus afluents, arribaren a Àger de nou.

—Molt agraït, senyor —s'acomiadà del conductor.

Ferran corregué cap a la peixateria. Demanà pel senyor Josep.

—Acaba de marxar fa una mitja hora.

—Jo sóc el jove que li he telefonat aquest matí —digué ell.

—Ah... M'ha dit que aquest senyor és molt conegut a Maials. Només que demane pel senyor Miquel, el capellana, que ja li'n donaran raó.

—Miquel, el capellana —repetí Ferran—. I, ¿on para, Maials?

—¿Maials?... Doncs haurà d'anar a Lleida i agafar un autobús. És bastant lluny.

—Si almenys sabera el telèfon, li podria telefonar.

—No l'hi he demanat, al Miquel... No hi he pensat. Si es vol esperar...

—¿A quina hora tornarà, el senyor Miquel?

—Com sempre. Per dinar i dur el peix a Sort.

Ferran va dubtar. Tardaria més si marxava cap a Maials que si esperava la tornada del senyor Miquel.

—Me n'hi vaig —va dir, per no esperar.

Perquè volia veure amb els seus ulls l'interior del Ford Orion, que no es fiava de ningú.

No va ser gens difícil trobar a Àger algú que el dugués cap a Lleida. Un home d'uns seixanta anys es va prestar a dur-lo. Diu que el coneixien pel tio Gall.

—De jove plantava cara a tothom. Per això m'ho van encolomar. Ara, jove, ja sóc una mica gallina. Vull dir que quan t'entra el seny, comprens que és millor conviure que no pas coexistir, i que has d'afluixar... Sense deixar que se't fumen, és clar.

Tot el viatge va ser quasi un monòleg del tio Gall, que diu que es deia Vicent Paià.

—Que li vaja bé, jove —digué quan deixà Ferran al bar, prop de Lleida.

Des del bar, resseguint la banda dreta de la carretera, contravenint les normes de circulació, Ferran mirà amb ulls de falcó cada pam de terra per si hi havia perdut el clínex amb l'arracada de Berta. Hi trobà més d'un clínex, però eren buits. I no tenien l'anotació de la matrícula del cotxe que ell hi havia fet.

—No crec que s'haja esborrat amb el plugim que caigué —mormolà ple d'esperança.

Arribà a Lleida, menjà en un bar i es dirigí a l'estació d'autobusos. A les tres eixia un autobús de línia cap a Maials. Una hora més tard hi va arribar. Ferran demanà a un dels passatgers que baixà al poble si coneixia el senyor Miquel, el capellana.

—¿Qui no el coneix? Viu a la plaça Major. Hi veurà una tenda d'electrodomèstics. Passe i pregunte.

—Gràcies.

—No li resultà difícil trobar la tenda, a Ferran. Però era tancada. El Ford Orion era aparcat en la mateixa plaça. Ferran s'hi va acostar, mirà al seu interior. De fora no s'hi veia res.

A les cinc obriren la tenda. Ferran hi entrà i saludà el senyor Miquel. Va dir que havia perdut un clínex amb una arracada i volia veure si era al cotxe.

—¿I ha tornat vosté des de Tremp? —s'estranyà l'home.

—Sí.

—Molt de valor ha de tenir...

—Sí.

—No m'hi he fixat, però vejam, potser m'haja passat desapercebut —va dir l'home mentre es dirigia cap al carrer.

Va escorcollar sota el seient i per tot el cotxe.

—Ja ho has vist. No ha degut caure ací.

Ferran estava desesperat. Ja no li quedava altra possibilitat que haver-lo perdut al Citroën de l'home de Saidí.

—¿És molt lluny, Saidí? —preguntà al senyor Miquel.

—No gens. És dalt de Fraga, a uns tretze quilòmetres. A les sis surt un cotxe de línia cap allà.

—¿Cap a Saidí?

—Cap a Fraga.

A les sis i mitja Ferran ja era a Fraga. Fraga es veia una gran població, a la vora del riu Cinca. Va demanar si hi havia autobús cap a Saidí.

—Ja ha sortit, jove.

Ferran es decidí a provar sort. Era de nit, però bona hora. Una hora més tard va parar una camioneta.

—Vaig a Saidí —va dir.

Saidí era un poblet petit, però ric. El Cinca regava la seua horta, ben variada d'arbres fruiters i d'hortalisses.

—¿Busca algú? —va demanar l'home en deixar Ferran a l'entrada del poble.

—Un cotxe —digué ell.

—¿Un cotxe? —s'estranyà l'home. I continuà avant.

Ferran recorregué els carrers de Saidí, un a un, a la recerca del Citroën CX, 25 E, negre. Si el veia, sabia que el recordaria. Però després que féu dues voltes pels carrers del poble, no l'hi va descobrir.

—O no ha arribat encara o és tancat —mormolà.

Es decidí a preguntar. Entrà en un bar, perquè sabia que era el lloc on la gent sabia donar raó de tot. Van informar-lo que al poble només hi havia un Citroën CX 25E d'aquell color.

—És de Tico el Xato —digué un xic jove—. És un 25E Gti

—¿I on viu?

—Dos carrers més avall. Vinga, que li ho indico.

Ferran va trobar la casa fàcilment. Tico el Xato va contestar al timbre. Va estranyar-se molt en veure aquell jove de nou.

—¿Què fa...?

—És que volia veure si he perdut una cosa al cotxe... —digué.

—¿Una cosa? —dubtà—. Ara baixo.

El Citroën el tenia tancat. Obrí la porta del garatge.

—Vejam...

A primera vista no hi havia res.

—Deu estar aquí..., perquè ningú no ha tocat res.

—¿I si és davall del seient? —insinuà Ferran com a última alternativa.

Tico el mirà dubitatiu. S'ajupí i ficà la mà entre el seient i la moqueta.

—Vejam... —va dir.

I va traure un clínex.

—¡Deu ser el meu! —cridà Ferran.

—Té —li donà l'home—. Tenies raó.

Ferran l'obrí davant d'ell. A dins hi havia l'arracada.

—Era de la meua nòvia, ¿sap?

—¿Era? —digué l'home.

Ferran s'adonà que havia comés un error.

—Bé, és. Per això no la vull perdre.

—Doncs, compte, jove.

Ferran es trobà a Saidí, amb l'arracada recuperada, però lluny de Sort. Feia fred, de nou. No tenia cap recer on passar la nit. Sabia que aquest no era el problema, que en aquell poble agrícola era fàcil trobar-ne un. Sopà i buscà un bon recer.

—Demà serà un altre dia —es digué.

X
Irene

Ferran emprà mig dia per tornar a Sort. Hi arribà passades les dotze. No sabia si Irene el reconeixeria amb la barba. Per això va estar a punt de tornar a entrar al bar i afaitar-se-la. En desistí. No es volia exposar. Suposava que ella ho entendria. Es va encaminar al barri nou, com li havia indicat la vespra l'home tan simpàtic del bar. Es decidí a preguntar. Si vivia per aquell barri, potser la devien conéixer. Observà els dos forns que hi havia. En un d'ells hi havia una dona jove. En l'altre una dona de mitjana edat. La jove tenia poca conversa, mentre que la dona de mitjana edat parlava amb tot el món i s'enrotllava. Pensà que si algú coneixia els seus veïns era aquesta dona. Hi va entrar, va comprar dues ensaïmades i li va preguntar si ella coneixia alguna Irene.

—En conec dues —respongué.

Li va descriure com era.

—Ah, sí, deu ser la filla de la senyora Teresa. Fa uns anys van venir d'Enviny.

—¿Sap on viu? —va dir—. La vaig conéixer fa un temps i voldria saludar-la.

—¿Viure? Viu en una d'aquestes finques noves, aquí darrere... Sé que dóna al riu.

Sortosament va entrar una xica jove. Alta i esprimatxada com Irene.

—Pregunta per Irene, la filla de la senyora Teresa. Crec que viu en la mateixa finca teua, ¿no? —va demanar la fornera a la jove.

—Al pis de sota —respongué la jove.

—Demana per ella. La vol saludar.

—Jo l'acompanyaré —s'oferí ella.

I l'hi acompanyà. Efectivament, Irene vivia en una d'aquelles finques noves construïdes vora el riu Noguera Pallaresa. La remor de l'aigua, i la bellesa del paisatge, amb les muntanyes al darrere, devia produir un gran descans. La jove va trucar al timbre. Va obrir la mare d'Irene.

—Pregunten per la Irene, senyora Teresa —digué la jove.

—¿Irene? ¿Qui la busca? —preguntà força encuriosida.

—Sóc jo, senyora. La vaig conéixer durant la verema i com que vaig de pas, la volia saludar.

—No és ella, aquí. Ara, gràcies a Déu, treballa a la fàbrica de formatges, sortint del poble, cap a Llavorsí. Tornarà a hora de dinar. ¿Qui dic que pregunta?

—Tomàs. Digue-li que Tomàs.

—Ah, Tomàs... Me n'ha parlat, ella. Ja li ho diré.

Ferran li va donar les gràcies. Es dirigí a l'eixida de Sort, en direcció a Llavorsí, per veure si trobava la fàbrica de formatges. Era molt prop del poble. Va decidir esperar Irene pel camí.

A la una i dos minuts van eixir les primeres treballadores. Ferran no va tardar a veure Irene. Duia els vaquers i una caçadora grossa, blava, i els cabells més llargs. Quan es va acostar, la va mirar i ella el va mirar, però amb la barba no el reconegué, en un primer moment. Només, quan en passar, ell va pronunciar el seu nom, ella s'aturà en sec, deixà anar les dues amigues que l'acompanyaven i el mirà.

—Aneu davant, que ara vinc —digué a les amigues.

—Tomàs...

—Sí, sóc jo

Va mudar els colors.

—¿Què fas a la vista de la gent? —li reprotxà.

L'agafà d'un pessic i se l'emportà cap a un carrer lateral, on no hi havia ningú.

—La policia no ha deixat de buscar-te i ets notícia a cada punt. ¿Com pots presentar-te a pèl davant la gent? —digué.

I quan ja no els veia ningú, l'abraçà i el besà llargament.

—Mai no m'imaginava que tornaries... ¿Com m'has trobat?

—Preguntant. Vas dir que eres d'un poble a prop de Sort. Doncs, ja ho has vist.

Va somriure.

—Sí que ets llest. Perquè no hi visc fa anys. ¿Els has recorregut tots?

—Cap ni un. Un cambrer m'ha dit que estaven abandonats i que vivíeu tots a Sort. Una fornera et coneixia. Una veïna teua m'ha acompanyat a ta casa. Ta mare m'ha dit que treballaves en la fàbrica aquesta, ara...

—Ets més llest que la policia, tu. Encara que estic segura que et xafen els talons. Van estar a Vilafranca preguntant, ¿saps? El del bar dels entrepans et va reconéixer.

—Supose que sí.

—No pots continuar pel carrer. Em pots comprometre. L'únic que fas és deixar pistes.

—¿I on m'amague? —va preguntar.

—¿On...? Doncs... a Enviny.

—¿A Enviny? ¿On és, això?

—És el meu poble. Hi tinc casa. ¿On millor? Ara a l'hivern no hi queda ningú. Està molt bé per a viure, ¿saps?

—I si m'hi troben, ¿què diré?

—Ara en fugen fins i tot les rates, d'allà. Però si algú t'hi trobés, dius que hi has entrat perquè la finestra era oberta. Però no has de témer res, si em creus. Ara no em puc esperar més. Surts del poble, t'amagues pels camps. No et serà difícil en aquestes terres. A les vuit m'esperes darrere de la fàbrica de formatges. Passaré a recollir-te.

Li féu un bes i se n'anà. Com que no s'havia proveït de menjar, Ferran entrà en un bar, dels afores, i demanà uns entrepans, comprà un diari i una revista per a llegir. I s'encaminà cap a les muntanyes que hi havia a l'altra banda del riu. Des de dalt contemplà tota aquella vall. Va buscar un cara-sol. Durant una llarga estona va tenir prou a contemplar cada detall del poble, i del paisatge, amb el Noguera Pallaresa travessant-lo de punta a punta, amb aigües encara feréstegues i sorolloses. Després, llegint el diari, es va sodormir una llarga estona, i el despertà la humitat, perquè el sol ja es volia amagar. Va córrer per aquella muntanya, fins que es féu fosc i va haver de davallar i acostar-se més al poble. Encara faltaven dues hores per a la cita amb Irene. Com que la nit s'havia tornat tan fosca, no podia anar enlloc, perquè la Bastida i Pernui eren a tocar, però no es volia arriscar. Tanmateix, el fred se li colava per tot el cos, si es parava. Finalment va decidir acostar-se a la Bastida, un quilòmetre llarg de Sort, només. Els llums del poble il·luminaven lleugerament la carretera. Però va ser una falsa il·lusió. Perquè amb els revolts del riu, la fosca es féu palesa. S'hi va arriscar.

Era prop de la Bastida quan, en girar un revolt, veié a uns cent metres els llums d'un cotxe patrulla que venia cap a Sort. En unes dècimes de segon va maleir el seu atreviment. ¿Què feia? Automàticament, el seu instint de conservació el féu abocar-se marge avall, cap al riu, una mica a cegues, perquè no sabia com acabava tot aquell pendent. Va rodolar i el parà el colp sec d'una roca. Va sentir que el cotxe patrulla es parava. Com va poder es posà a l'altre costat de la roca, de manera que no el podien veure des de dalt. Aguantà la respiració. Si gosaven baixar, el descobririen. Tremolava de por. Efectivament, va notar un focus de llum que recorria aquell espai.

—Diria que ha caigut per ací —deia un en castellà.

—Ja li he dit que anava distret i no he vist res, sergent —respongué l'altre.

—O ha estat un senglar o un isard. Era un animal ben gran.

—Si vol baixe i ho mire, sergent.

Es va fer un curt silenci. Si el sergent decidia que l'oficial baixara a escorcollar aquell lloc, era el final.

—Baixe —respongué el sergent—. Agafe la llanterna.

Ferran s'arraulí tant com va poder. Mirava cap on fugir si aquell oficial se li acostava. Sentí les primeres passes. Que s'acostaven. Ja era a punt de saltar pendent avall i llançar-se al riu, quan sentí rodolar el cos de l'oficial, com havia fet ell. Es va fer fosc, de nou.

—¿Què dimonis ha passat? —preguntà el sergent.

—Que hi ha molt mal peany, sergent. —s'excusà l'oficial.

—Reculla la llanterna i puge. ¡No podem posar-nos en perill per un senglar de merda! —bramà el sergent.

L'oficial va recollir la llanterna i a poc a poc s'enfilà cap amunt.

—¿S'ha fet mal?

—Un colp ací, a la cara.

—Sí, té una arrapada. Marxem —digué.

I el cotxe es posà en marxa.

—Uff... —féu Ferran. I s'hi quedà una estona. Fins que es perderen de vista. El més perillós és que havia de tornar enrere. I tenia por de trobar-se la patrulla de nou.

Sortosament no se la va trobar. Es va quedar darrere la fàbrica de formatge, a una distància prudent, no fóra que l'agafaren per un presumpte assaltador i va esperar que tocaren les vuit. Perquè a Sort se sentia cada quart i cada hora.

Irene va arribar amb puntualitat. Havia arribat amb un Ford Fiesta.

—Puja —digué—, i amaga't tant com pugues.

Ferran ho va fer així.

—Et duré a Enviny, ja ho saps. És a uns vuit quilòmetres, però la carretera és plena de revolts. T'he comprat de tot.

A penes van eixir de Sort, després de passar la barriada de Bressui, van agafar la carretera comarcal, a mà dreta, cap a Enviny. Enviny, encara que era a vuit quilòmetres, era un poblet agregat a Sort. Efectivament, la carretera era plena de revolts, però s'endevinava com a terra de contes de fades.

Enviny a penes devia tenir una dotzena llarga de cases. Se'n va adonar quan Irene parà el cotxe davant de casa i ell va eixir per estirar les cames. A l'altra banda de les cases, una mica separada, hi havia el que semblava l'esglesiola.

—Ajuda'm —li va dir Irene.

Havia obert el portamaletes del cotxe i havia agafat les primeres bosses. Ferran va traure la resta de bosses. Irene, després d'obrir casa, encengué un ciri i apagà els llums del cotxe.

—Convé anar amb precaució —digué.

Va tancar la porta de casa. Va mirar que totes les finestres estigueren ben tancades.

—T'encendré la llar, però no obris cap finestra, de moment.

—Tranquil·la.

—Aquí tens aquest balancí, una mica vell, però et servirà per dormir vora la llar. Les habitacions són fredes. Però ja et va bé.

—Fa setmanes que no he dormit millor.

—Ja l'endreçaràs, tu. Procura no deixar-te veure. Ja tornaré, demà. Ara me n'haig d'anar, que no vull alçar cap sospita. El cotxe me l'ha deixat la meua germana i li he dit que era per fer un encàrrec a Rialb. Ja tornaré demà, si puc... Benvingut —murmurà.

Ferran la va mirar durant uns segons i s'hi va abraçar.

—¿Per què ho fas, Irene? —va preguntar.

—No sigues ximple —respongué. I en la mirada ho va endevinar.

La va besar i ella es deixà fer. Després d'uns segons llargs, Irene l'apartà.

—Tinc pressa —digué.

Pujà al cotxe i se n'anà. Ferran va tancar la porta. Ara tota la casa era per a ell. I amb una llar encesa. I bosses amb menjar. Aquella nit no pogué dormir de felicitat. Les flames acaronaven els seus pensaments, els seus records, els més tristos i els més alegres. Aquella situació continuava semblant-li kafkiana. Però ara, suportable. Irene ja era amb ell.

XI
La prova de la innocència

De matinada Ferran s'adormí, i es despertà quan el sol lluïa a la petita plaça d'Enviny, si se'n podia dir plaça. Les herbes s'havien apoderat del terreny, i encara hi havia alguna flor d'últims de tardor.

Sabia que Irene no tornaria fins al vespre, si tornava. Era l'avantvespra de Nadal. De manera que tenia tot el dia per a ell. Després de desdejunar-se, va mirar a fora, per la finestra, i no hi havia senyal de res. Va fer un volt pel poblet, per curiositat. Les cases cabien totes al cove de la mà. N'eren una vintena i algunes, als afores, enrunades. Tenien la planta baixa i un alt. I les teulades eren de teula negra. El silenci era pregon. Només el brunzir dels insectes. Les cigales, ames d'un auditori buit. I un vent suau. El cel era ras, blau. Un blau net.

Aquell paisatge tan diferent al mediterrani, l'embogia. Li abellia eixir a caminar a plena muntanya i recórrer-ne cada racó. Sabia que hi trobaria fonts d'aigua, riuets i llacs. Tan diferent a l'aridesa de la seua terra de secà. Però havia de creure Irene, perquè la podia comprometre. Entrà en casa i va tancar. Va seure vora la llar i es disposà a fullejar el diari i la revista perquè no havia acabat de fer-ho la vespra.

Irene tornà aquell vespre per veure com estava. I li va dur més menjar.

—No saps quan pots quedar-te aïllat —es justificà.

Ferran li va donar deu mil pessetes, encara que ella no les volia agafar.

—Veges per què les vull jo, ací, i per què has de carregar tu amb el meu manteniment —li va dir. I les va agafar.

Irene va sopar amb ell i s'hi va estar una bona estona. Ferran li contà amb tot detall on havia estat i com havia arribat a Sort. Li parlà de Tomàs i li va explicar com l'havien mort.

—Em vaig quedar desfet —va dir.

—La policia et continua buscant. ¿No recordes cap detall que pugues aportar com a prova de la teua innocència? —li demanà ella.

—No...

Es va tocar la butxaca instintivament. No li passà desapercebut, a Irene.

—¿Què hi guardes?

Havia oblidat que era una gran observadora.

—No res...

—Sí que hi guardes res... Vinga, ensenya-m'ho.

—És un record de Berta —va dir amb una mica de culpabilitat.

—Em sembla bé, si te l'estimaves.

Va traure el clínex i el va desembolicar. Hi havia l'arracada i el clínex lleugerament tacat amb sang.

—És bonica.

—Sí.

—¿Li la degué arrancar l'assassí o l'assassina, no? Perquè hi veig que té sang —comentà ella.

—Potser... —va mormolar, encara amb tristesa.

Irene es quedà pensativa. Va mirar Ferran. Deixà l'arracada al clínex i el guardà damunt la tauleta desballestada que hi havia en un racó del que se suposava era el menjador. De sobte estrenyé el coll a Ferran amb les dues mans. Pensava que anava de broma, ell, però ella premia i premia. Fins que Ferran va haver-se de defensar. Aleshores ell va intentar agafar Irene del coll i amb desesperació va estirar-li els cabells, li va fer unes arrapades per la cara i pel coll i es va quedar també amb una arracada seua entre les mans. La dreta. Llavors Irene el va soltar. També li rajava sang del lòbul de l'orella esquerra. Ferran ho va entendre de seguida.

—Per un moment pensava que havies canviat d'opinió i em volies matar —digué.

—¿Estàs segur que l'arracada és la de Berta? ¿Vas veure que li faltava de l'orella? —digué, mentre es duia un mocadoret a l'orella per parar-se la sang.

Ferran es va fer groc.

—Li la vaig agafar de la mà —va dir.

—I no vas comprovar si li faltava, a ella.

—En aquells moments... Mai no se m'havia ocorregut pensar que podia ser l'arracada de l'assassí.

—Doncs potser la tens a les mans... Ningú no s'arranca la seua pròpia arracada, ¿no ho veus?

Ferran estava més i més sorprés.

—Sabem que deu ser una xica, per l'arracada. Si a més el que saltà la tanca, vas dir, tenia la camisa beix i els cabells llargs com Vanessa... —féu una pausa—. No havia dubtat mai de la teua innocència, Ferran.

I li digué el nom per primera vegada. Ja el coneixia.

—Vanessa. Sempre he cregut que devia ser Vanessa. Ella va saltar la tanca. Alguna raó devia tenir —digué ell—. I això significa que si ha estat Vanessa, també ella deu haver acabat amb la cara o el coll plens d'arraps...

—Molt possiblement —corroborà Irene.

—Aleshores, ¿per què la policia em busca a mi? —va preguntar-se.

Irene no sabé què contestar.

—Si dius que Berta havia begut, potser no va tenir forces per a defensar-se. Per això Vanessa la va colpejar i la va estrangular... Berta li va poder arrancar l'arracada, casualment —mormolà finalment.

Va quedar una ombra en l'aire. Irene reaccionà ràpidament.

—Tenim una arracada que pertany a Vanessa. És la presumpta assassina. Ara caldrà comprovar-ho. ¿Tu recordes haver-la-hi vista posada?

—Si ho recordara, no hauria cregut que era de Berta —va dir Ferran.

—Naturalment. També estic segura que si Berta l'hagué duta cada dia, tampoc no ho recordaries. Els homes soleu passar del que les dones duem penjat a les orelles —bromejà—. Tampoc no m'estranya que amb el temps que has sortit amb Berta, no sàpigues quines arracades duia... Suposo que les seves amigues i les de Vanessa deuen saber donar-ne pèls i senyals. Però si això tampoc no fóra possible, l'anàlisi de les restes de sang, serà una prova concloent. Ara caldrà començar a treballar —assegurà.

—Però no puc deixar-me veure, jo...

—Ja m'ho faré. Estigues tranquil. Només m'has de donar els telèfons que cregues convenients. Suposo que aquest és el de Berta —va dir en veure escrit el telèfon al clínex.

Ja no se'n recordava, d'ell.

—No. És una altra història. És la matrícula del cotxe que provocà l'accident del camió. Ell i una moto...

Irene es quedà perplexa. Li ho va haver d'explicar.

—Vol dir que tens la prova que exculpa el camioner —digué.

—Supose —va constestar.

—Ets un inconscient, nano —exclamà—. El pobre camioner les deu estar passant magres.

Va fer una pausa.

—¡Hi ha molta faena a fer, tu! Dóna'm el telèfon dels pares de Berta. També el d'algun amic o amiga teus. Els que cregues de més confiança.

—¿I tu els telefonaràs? —va preguntar.

—Sí, ja m'ho faré. M'assabentaré si Berta conservava les dues arracades després d'assassinar-la. I comunicaré a la policia de Torredembarra la matrícula del cotxe que va fugir. Ells sabran les maneres de trobar-lo. Així que ho haja esbrinat tot, t'ho vindré a dir. De vegades caminem amb la consciència de pecat, quan resulta que portem a sobre la prova de la innocència. Potser és el que t'ha passat, a tu, Ferran —sentencià Irene amb una lucidesa que el meravellà.

S'hi abraçà, a ella, perquè a més que se l'estimava bojament, ara havia obert una escletxa que el duria a demostrar la seua innocència.

—Anota els telèfons —va dir, tremendament il·lusionat—. Prefix 96, ja saps.

Li va donar el dels pares de Berta, perquè preguntara a casa. El de Benjamí, el de Dolors i el d'Òscar.

—Crec que en tens més que suficients. Confie en tu, Irene.

—Tranquil.

—Ah, cura't l'orella.

—No m'ha fet gens de mal —digué ella altivament.

—Espere que celebrarem la nit de Nadal amb tot aclarit —afegí ell.

—Això és demà —va comentar ella.

—Sí.

L'espera va ser terrible. Aquella nit Ferran va dormir a mitges, fruit de l'esperança que tenia que aquella arracada fóra la de Vanessa. Però ara li venia a la ment una pregunta amb més força: ¿Per què Vanessa havia estrangulat Berta? No côneixia cap motiu aparent. Tret de la pols blanca, escampada sobre el terra i que s'havia demostrat que era cert. «Si no és que Berta», mormolà, «tan contrària a les drogues, haguera volgut impedir que Vanessa en prenguera. I aquesta, potser histèrica, se li va refer i la va estrangular... Tots sabem com reacciona la gent quan té el *mono*... I després, en adonar-se dels fets, va fugir saltant per la tanca», conclogué.

—Cada nit és diferent a l'anterior —comentà, sorprés, ara en veu alta—, perquè cada dia resulta nou. Aquesta és la grandesa de l'existència, tant per a bé com per a mal. No la vida monòtona que feia a Gandia —acabà dient.

Va eixir a fer un volt entre l'espessor del bosc perquè no el vera ningú. Perquè tancat en aquella casa, els nervis se'l menjaven.

Irene va arribar l'endemà, amb moto, a la una i vint, quan Ferran es disposava a dinar.

—No m'he pogut aguantar. Com que aquesta és la nit de Nadal, no la puc passar fora de casa, cosa que hauria preferit. Li he demanat a una amiga la moto perquè no vull alçar sospites entre la meua família que ja es preguntava per què necessito tantes vegades el cotxe.... Ara et conto.

Van entrar dins de casa. Irene va acostar les mans a la llar perquè les tenia glaçades. Després es va traure l'entrepà.

—Aniré dinant perquè he d'estar a les tres a la fàbrica.

—T'acompanyaré —va dir agafant ell el seu dinar.

—He telefonat primerament a cals pares de Berta i s'hi ha posat sa mare. «Senyora», li he dit, «perdone que la moleste. Li telefono de la comissaria de policia de Gandia. Necessito que em confirme un detall sobre el cas de la seva filla, Berta.» «Amb qui parlo?», ha demanat. «Sergent Molés», he informat. «Vosté dirà», ha mormolat. «Hem trobat al jardí del xalet una arracada. Volia demanar-li si podria passar demà a identificar-la, per si pertanyia a Berta», li he dit. Hi ha hagut un moment de silenci. «Però si Berta conservava les dues arracades», m'ha contestat. No sàpigues quina alegria he tingut. «¿Per què m'ho demana? ¿Que no ho saben, que no li'n faltava cap?», ha repetit, més estranyada, ella. «Deu haver estat un error, senyora...», he dit. «Però, ¿per què m'ho pregunta, ara?», insistia. Llavors l'he informada: «Un testimoni hi ha trobat casualment una arracada i ens l'ha entregada». «Potser és de l'assassí...», ha xisclat amb un revifament de geni. I s'ha quedat sense veu. «És que està tacada de sang, ¿sap?», he afegit, perquè ho he cregut importantíssim. I li he penjat. Com pots suposar, això no haurà acabat aquí...

Va mirar Ferran complagudament.

—No he cregut convenient trucar a cap amic, ja. La informació que m'ha donat la mare de Berta ha estat suficient per a saber que l'arracada no era de Berta, que Vanessa no presentava cap ferida externa, circumstància que l'hauria convertida per part de la policia en sospitosa. Llavors he telefonat a la policia de Torredembarra. Calia obrir un altre front perquè la policia sabés que guardem moltes bases en aquesta partida. Després que els he donat la matrícula i la marca del cotxe que ocasionà l'accident a Torredembarra, han quedat flipats. Volien per damunt de tot que els donés el meu nom. Els he dit que més avant. Que, ara, investiguessin la certesa de la denúncia.

Irene guardà uns segons de silenci. Es va mirar Ferran de nou i digué:

—Ferran, et declaro innocent dels càrrecs que se t'imputen.

Es van abraçar i besar fins a cansar-se. Ferran va plorar d'emoció. Va mirar-se la prova. Ara, aquella arracada, s'havia convertit en l'arracada del pressumpte assassí. I en la prova de la seua innocència. Era el tresor més valuós que posseïa. Irene ho va entendre així quan digué:

—Sàpigues guardar-la. ¡T'hi va la vida!

—L'altre dia se'm va extraviar en un dels cotxes en què he fet autostop. Vaig perdre dos dies buscant-la, ¿saps? Vaig haver de recular fins a Saidí. I encara sort que era amagada davall el seient del cotxe. Si l'home veu el clínex abans que jo, el llança al carrer —va confessar-li.

—¡Doncs, l'hagueres feta bona!

Després, vora la llar, com que ella es quedà fins a punt de tornar a la fàbrica, van tenir temps, tots dos alliberats de la sensació de culpa, de descobrir els seus cossos.

—Ara, sí —va dir ell—. Ara em trobe net de tota culpa. Crec que he madurat vint anys —afegí mig en broma, recordant les paraules de Mise.

I l'escalfor del foc abrandava la seua passió, tan de temps continguda. Tenyia de tonalitats vermelles la seua pell, com una pintura en clarobscurs, que feia ressaltar, amb la foscor del fons, cada tros del seu cos.

—Ara, voldria que telefonares a ma casa —va dir Ferran a Irene—. Deuen estar patint no saps com.

De sobte havia pensat en els seus pares. Amb aquella prova a les mans ja els podia retornar la confiança en ell.

—Els diràs que m'has conegut i que estic bé. Que he trobat una prova que confirmarà la meua innocència, però no digues quina, i que després de Nadal, tornaran a tenir notícies meues.

—Em donaràs el telèfon —digué ella.

Poc després Irene va dir que era hora d'anar-se'n.

—Ha canviat el temps, potser un d'aquests dies nevarà. Demà tornaré després del dinar de Nadal —va prometre.

I quan Ferran va restar sol, les flames redibuixaren les imatges d'Irene que se li havien quedat gravades.

Era la vespra de cap d'any. Irene havia contat el cas de Ferran a la seua germana, Teresa, sota la promesa de no revelar res a ningú, i ella la portà a Enviny.

—Tornaré demà al vespre —va dir Teresa després de saludar a Ferran.

I es van quedar sols, Ferran i Irene. Ferran estava més tranquil perquè Irene havia telefonat a casa, talment com li havia manat, i havia informat els pares que es trobava bé, que tenia una prova decisiva, i que aviat tornaria.

Ara volia passar unes hores de felicitat amb Irene. Tot el poblet, totes les valls, tot aquell massís tan muntanyós per a ells sols. I malgrat el fred, cobert el terra d'una lleugera capa de neu, van decidir córrer per aquelles muntanyes, lliures de pecat, afamats d'amor, tot el que els quedava de vespre, perquè ara tot el món tornava a ser seu.

Enviny era sobre un vessant enlairat a l'esquerra de la riera de Montardit. Irene li ensenyà tots aquells indrets immediats que ell no havia gosat visitar. L'església, dedicada a la Mare de Déu de la Purificació, el casal d'Aités, l'ermita de sant Miquel, les ruïnes romàniques de l'església de sant Roc i el castell. Deixaven les seues petjades sobre la neu, perquè aquells camins i viaranys s'havien quedat orfes de vianants.

—Sembla impossible que aquest llogaret tinga tantes coses importants —va dir ell.

—No és tot. Hi ha el santuari de la Mare de Déu del Soler, la borda de santa Creu, la caseria de Ribera de Montardit... Quan jo era petita encara vaig arribar a conéixer-ho ple de vida. Una vida esquifida, si vols, que cada vegada resultava més difícil mantenir. Perquè els més joves ja havien decidit marxar feia temps. Fins que no hi ha quedat ningú. Nosaltres vam ser els darrers a marxar, perquè el meu pare tenia un bon ramat d'ovelles i una cinquantena de vaques. Quan ell va morir, ho vam vendre i vam comprar el pis a Sort. Vine i t'ensenyaré la borda.

—¿La borda? —va pregutar estranyat.

—La borda és el corral, fava.

—¡Ah!...

El dugué cap als afores del poble, si és que se'n podien dir afores als corrals, o bordes, que hi havia a uns doscents metres.

—Açò són les bordes —digué—. Aquesta és la de mon pare. Aquella de més amunt, era del tio Nelo. Va ser un dels que més prompte va abandonar Enviny, perquè va aconseguir que el seu fill estudiés.

Van retornar cap a la plaça.

—Jo encara he jugat al castell, entre les runes de sant Roc, i hem fet fira al santurari del Soler, ¿saps?

Agafaren el berenar i, amb el sol mig desvetlat, van eixir cap a l'obaga de Montardit. Irene assegurava que era un dels paisatges més bells. I així era. Perquè en la ferestegor de les muntanyes trobaven claps de bosc, i Ferran va aprendre a diferenciar, de la mà d'Irene, un pi d'un faig, un roure d'una alzina, un freixe d'un boix, perquè cada un era diferent i tenia la seua personalitat. I així, el bosc, prenia una major rellevància.

L'aigua era omnipresent. Riuets i fonts d'aigua clara. Freda. Molt freda, que glaçaven els queixals.

—Aquell cim d'allà és la pala Cremada. És el més alt —va indicar Irene.

Van berenar vora la font del Moixó. Amb el sol que escalfava els seus cossos, arrecerats contra unes roques. Ferran no es cansava de mirar la bellesa d'Irene, el color dels seus ulls. Però cada vegada l'admirava més per la seua intel·ligència i per l'ajut que li estava prestant. Ella li va somriure. Li va fer un bes al front.

—¿I això? —va dir complaguda.

—No sé si t'havia dit que t'estimava...

—Sempre és agradable sentir-ho. Encara que m'ho diguessis cent vegades —somrigué.

Com que el sol tenia ganes de descansar, van decidir tornar cap a Enviny, perquè havien fet uns quants quilòmetres, sense semblar-ho. Havien de preparar el sopar de cap d'any. Irene havia preparat a casa el sopar. Salmó fumat, pernil i formatge del país. Gambes en salsa rosa. Pollastre en salsa de pinyons. Pinya i pastissos. Vi i cava del Penedès.

—El raïm és de la teua terra —va dir ella.

—Del Vinalopó —va mormolar Ferran.

—¿Com? —preguntà ella.

—Unes comarques d'allà...

—Ah...

El sopar li sabé a Ferran com les coquetes amb mel amb què somniaven els iaios.

L'endemà van visitar la caseria de Ribera de Montardit. Tenia la porta tancada i Ferran hagué de saltar la paret del corral per entrar i obrir-la. Dins, en un petit pati, queia el sol de ple. Irene i ell van pensar, només mirant-se als ulls, que hi estarien al recer del vent, i de les mirades, si és que hi havia cap indiscret.

El sol havia fos la raconada on hi havia un banc de pedra. Però era fred. Es van traure les caçadores i les van posar esteses al damunt i van acabar de traure's la resta de la roba, perquè a poc a poc sentien menys el fred, perquè tenien el sol de cara i la passió per dins. I la neu, tan exòtica per a Ferran, va ser testimoni verge, immaculat, del seu amor.

—¿Ets feliç? —preguntà Irene.

—Sí...

Ferran es va atansar a la neu i s'hi va rentar.

—Diu que després entres en calor —va dir.

—Si no agafes una pulmonia —contestà ella. Agafà un grapat de neu i li'l llançà a sobre.

—Vols jugar, ¿eh?

I amb el joc, feren cap, nus, sobre la neu verge. El cos d'Irene, i el seu, hi destacaven, s'hi redibuixaven, que cap pintor hauria sabut expressar els seus sentiments.

Van tornar a saltar la paret perquè la porta no obria, rovellada, i es van acostar a Olp, un poble també abandonat. Però el dia, a partir del migdia, es va ennuvolar i es girà un vent polar.

—És el canvi de temps que pressentia —digué Irene—. Hem de tornar a casa abans no neve.

Les primeres volves van arribar quan encara estaven a un quilòmetre d'Enviny. Ara Ferran les podia parar amb la mà. Era un espectacle meravellós. Darrere la finestra de casa mirava com la neu no es cansava de caure, fins que es va fer fosc.

—No crec que la meua germana tarde, amb aquesta neu —digué Irene. I es va acostar a Ferran. Volia acomiadar-se sense presses. A cada volva de neu, deia que li feia un bes. Fins que van veure un llum que s'hi acostava. Era Teresa. Va parar davant de casa i entrà amb un diari a la mà. Tota apressada.

—Us porto una agradable sorpresa —digué.

—¿Què és? —preguntà Irene.

—Mireu.

I mostrà la notícia, en la pàgina de successos, on es podia llegir que la policia, gràcies a una denúncia anònima, feta per una xica, havia trobat el conductor del cotxe que provocà l'accident a Torredembarra.

Van esclafir en crits d'alegria.

—Ja ho sabrà Jaume —va dir Ferran.

—¿Qui és Jaume? —demanà Teresa.

—El camioner. S'ho mereixia, pobre.

—I ara, ¿què penseu fer? —digué de sobte Teresa.

—¿Què pensem fer de què? —digué Irene.

—El teu amic no es pot quedar aquí. Han anunciat una gran nevada i pot quedar aïllat durant dies. Vegeu què feu...

Es van mirar. La idea de quedar-se aïllat, amb una forta nevada, no li feia cap gràcia, a Ferran.

—No has de témer res, Ferran. Ens estàs dient la veritat. Si entregues la prova a la policia, no tens per què témer res —insistí Teresa.

—¿Estàs dient que ha d'entregar-se i confessar? —demanà Irene.

—Si s'amaga no solucionarà mai el problema. No pot fugir tota la vida, amb la prova en el seu poder.

—Ja t'he dit que estic disposat a fer-ho —digué Ferran.

—Havíem pensat que ara quan passen les festes —s'excusà Irene.

Ara era ella qui volia allargar l'estada amb Ferran.

—¿Festes de cap d'any o esperareu també Reis? —preguntà Teresa.

—Totes, ¿no? —digué Irene, innocentment.

—Bé, només queda una setmana... No crec que siga problema si es queda a casa. Serà fàcil convéncer la mare. Però m'ho heu de prometre —digué Teresa.

—Per mi... —va dir Ferran.

—Bé —digué també Irene.

Ho van arreplegar tot i van tancar la porta de la casa.

Van presentar Ferran a la mare com a Tomàs, i es van excusar que com que no podia tornar a casa per la nevada, s'hostatjaria a casa uns dies. La dona es va mostrar contenta, fins i tot.

Aquella nit, però, a l'hora de gitar-se, Ferran es palpà la butxaca, com tenia per costum. Es tornà pàl·lid, perquè havia perdut el clínex de nou.

—¡No, no i no!... —cridava ple de malícia—. ¡Una altra volta, no! —bramava, desesperat.

Va pensar que podia haver caigut al cotxe de Teresa. I amb l'excusa que havia perdut el bolígraf, el va escorcollar. Però no hi havia res. Teresa el va notar tan canviat que li demanà si estava marejat.

—No, potser és el fred que fa...

Aquella nit no va dormir. Creia que hi havia una maledicció en contra seu. Si havia perdut el clínex en algun lloc del terme, la nevada el taparia i ja no el trobaria. I les restes de sang, si el trobaven, haurien desaparegut. Tornava a estar pitjor que al principi.

XII
La detenció

Si la punxen, no li trauen sang. Així es va quedar Irene quan Ferran li va confessar que havia perdut el clínex amb l'arracada, l'endemà. No la podia tenir enganyada més temps.

—Potser resultarà més difícil de trobar que la primera vegada. Mentre no pare de nevar... —va dir.

I estigué deprimida tot el dia. Bé que ho comprenia, ell. Perquè si ara l'agafaven i no tenia la prova de la seua innocència, ella podia passar com a encobridora. No s'havia de deixar veure.

Ni aquell dia, naturalment, ni l'endemà van trobar una solució vàlida. Va parar de nevar el tercer dia.

—Encara haurem d'esperar uns dies per poder trepitjar la muntanya —digué Teresa, a qui ho van confessar tot.

Van poder eixir al cap de tres dies, el mateix dia de Reis, i perquè la nevada no va ser tan grossa com havien predit els meteoròlegs. Anaven Irene i ell, ja que Teresa hagué de quedar-se a casa per fer el dinar. Van començar regirant tota la casa d'Enviny. Però el clínex i l'arracada no aparegueren enlloc.

—Si el tenies l'última nit que vam passar aquí, l'has hagut de perdre en l'última sortida que vam fer. Ara hem de refer tot el camí d'aquell dia. La caseria de Ribera de Montardit, i Olp —va dir Irene.

Van resseguir pas a pas, proveïts d'uns pals que els servien per a regirar la neu dels camins i viaranys. La caseria de Ribera de Montardit, la van escorcollar pam a pam. El racó on havien fet l'amor, el tros de neu sobre el qual havien jagut.

—Però, si aquí estàvem nus —insistia Irene—, ¿com l'havies de perdre?

—I jo què sé...

Quan es van cansar, van marxar cap a Olp. Cada minut que passava, sentien més fort el nus a la gola. Cansats de mirar i remirar, quan tornaven cap a Enviny, amb l'ànima als peus, van decidir tornar a Sort. La mare d'Irene podia sospitar.

Quan van arribar a la cruïlla de la carretera hi havia un cotxe patrulla de la guàrdia civil.

—Calma —digué Irene.

Però Ferran no va tenir calma. Obrí la porta del cotxe i arrancà a córrer.

—¡Alto! —va sentir que deien.

Però es va endinsar en la muntanya, així que va poder.

—¡Pose's aquí! —va ordenar la guàrdia civil a Irene.

Irene es va posar tan nerviosa que en comptes de frenar, va fer una accelerada brusca. I va frenar en sec.

—¿Què passa? —demanà el guàrdia en castellà—. ¿Nerviosa?

—No... —digué Irene.

—Si és tan amable de mostrar-me el carnet —va dir el guàrdia.

Irene el va mostrar i li'l van retornar.

—¿Qui és aquest xicot que ha fugit? —demanà el guàrdia.

—No ho sé... L'he trobat quan venia d'Enviny i l'he pujat.

—Vaja, ¿què feia un jove a Enviny, si no hi viu ningú?

—No ho sé...

L'oficial va parlar amb el seu company.

—Acompanye'ns —va dir el sergent en castellà—. Deixe el cotxe una mica més avant i més a la dreta, per favor.

Van dur Irene a la caserna. El sergent li va mostrar la foto de Ferran.

—Diga, ¿és aquest el jove que l'acompanyava?

—No porta barba, i el jove que jo he pujat, en duia —va intentar despistar Irene.

—Així i tot, ¿el reconeix?

Irene dubtava.

—Se'l busca, senyoreta, però no està acusat de cap crim. Però ha de fer unes declaracions sobre el cas d'una jove que morí estrangulada —l'advertí el sergent, que endevinava que Irene li ocultava la identitat de Ferran.

—Si declaro tot el que sé, ¿intentaran ajudar-lo? —va dir.

—Això és el que pretenem, senyoreta.

Irene es va disposar a prestar declaració i contà tot allò més important que creia que havia de saber la guàrdia civil.

—¿Assegura que van perdre fa uns dies l'arracada? —volgué assegurar-se el sergent.

—Sí...

El sergent, que seguia la declaració d'Irene assegut en la seua cadira, intervingué:

—¿Diu que va ser vosté qui comunicà a la família de Berta que posseïen aquesta prova?

Aquella pregunta la deixà perplexa. No calia que la contestara afirmativament

—La mare ho va comunicar al jutge instructor que porta el cas. També devia ser vosté qui va comunicar a la policia de Torredembarra la matrícula i la marca del cotxe que provocà l'accident.

—Sí, és cert.

—Aquesta denúncia no solament va permetre localitzar el cotxe, sinó el motorista, ja que tots dos eren de Torredembarra. Quan van enxampar el conductor del cotxe, aquest declarà que el motorista se li va llançar a sobre.

—M'alegre, pel camioner —va dir Irene.

—Ara comprendrà per què vigilàvem els accessos a Sort. Sabíem que el senyor Ferran Pujades es trobava per aquestes terres —somrigué.

—¿Com? —va demanar Irene.

—El jutge instructor que porta el cas, puc informar-la perquè no forma part del secret, va manar investigar qui havia denunciat tant l'una com l'altra informació. Perquè si la denúncia sobre l'accident era certa i, feta la revisió a les amigues de Berta, una d'elles tenia una ferida recent en el lòbul de l'orella dreta, aquelles denúncies eren fiables. I la persona que denunciava havia de tenir contacte amb el senyor Ferran Pujades, la persona sobre la qual s'havia decretat cerca i crida, ¿m'entén?

—No és culpable, ell —assegurà Irene amb veu ferma.

—Tant la ferida de la xica com l'estada de Ferran al lloc dels fets són merament circumstancials.

—Sembla que vostés no han estat parats —digué Irene, que es mostrà més tranquil·la.

—Gens. És la nostra obligació.

—I tot açò que vosté sap, sergent... —va dir Irene, més tranquil·la.

—El fet que la xica estigués embarassada, ha estat suficient perquè el crim tingués més transcendència. Alguns detalls s'han sabut pels mitjans de comunicació, vosté ho sap. A banda, sempre ens arriba informació sobre el cas i sobre el presumpte inculpat quan l'hem de buscar. Encara que hi ha altres detalls que formen part del sumari i que ignorem.

—¿I ara? —digué Irene.

—Haurem d'esperar les ordres del jutge instructor que porta el cas. No li vull avançar res.

Van traure Irene de la secretaria de la comandància. Aleshores ella, a través de les veus que sentia, s'adonà que el sergent passava la informació. No sabia a qui. Dues hores més tard, un oficial anuncià a Irene que els havia d'acompanyar.

—¿Puc telefonar a casa? —demanà Irene vivament afectada.

—No crec que hi haja cap problema —digué el sergent.

Irene va comunicar a la seua germana la seua situació.

—No m'espereu a dinar —gosà dir—. Veges què li dius a la mare.

Fora de la caserna esperaven dos jeeps patrulla. Van manar a Irene que pujara en un d'ells.

—¿On em duen? —va preguntar.

—No es preocupe —digué el sergent—. Haurà de col·laborar un poc més i tot sortirà bé.

Van agafar la carretera d'Enviny.

—El seu amic, a més de fugir, tractarà de buscar l'arracada, ja que com vosté pot suposar, és l'únic que el pot salvar d'una acusació d'assassinat. Una patrulla sortirà per buscar-lo. L'altra recorrerà, des d'Enviny, el mateix camí que vostés van fer. Espere la seua col·laboració, ja li he dit. Li va comunicar el sergent.

—Sí, senyor —respongué Irene més tranquil·la.

A meitat camí d'Enviny, hi havia una pista forestal. Un dels jeeps va prendre aquella direcció. L'altre seguí cap a Enviny.

—Començarem per la casa —digué el sergent.

Un membre de la patrulla va traure un detector de metalls. Van continuar des de la porta de la casa, fins a la caseria de Ribera de Montardit. Es regirava amb pals cada pam de camí i se seguia el rastre amb el detector. Quan van arribar a la caseria, van resseguir la recerca. A fora i a dins. Però sense cap resultat positiu. Ja estaven decidits a continuar cap a Olp, quan Irene va dir per enèsima vegada:

—Ell va saltar la paret per aquí mateix.

El que duia el detector de metalls tornà a passar-lo resseguint el camí que Irene havia indicat. Mentre ho feia, perdé lleugerament l'equilibri i el detector se li desvià cap a la dreta. I aleshores, oh, sorpresa, el detector xiulà suaument. El guàrdia buscà la font d'emissió, fins que la trobà darrere d'una pedra de la paret.

—És com si estigués en un forat —digué.

Un dels guàrdies s'enfilà dalt de la paret.

—Aquí hi ha com una escletxa —explicà.

Apartà les pedres de damunt.

—¡Eureka! Aquí hi ha un clínex, senyor...

Irene, en sentir aquelles paraules, es va posar a cridar d'alegria i, plena d'emoció, cridava ben fort que havien trobat l'arracada.

—¡Ferran, Ferran, que hem trobat l'arracada!

Quan el policia baixà, va desembolicar el clínex.

—Sergent —va dir. I li mostrà l'arracada que hi havia a dins.

—És cert. ¡Aquí tenim el que deu ser la prova definitiva! Encara hi ha la taca de sang, si bé està diluïda lleugerament, potser per l'aigua de neu que s'hi ha degut colar...

—Pot ben cridar, senyoreta —deia el sergent—. Pot ben cridar.

Irene continuava cridant. Fins que van sentir una veu, dalt del turó que deia que ho havia sentit.

Era Ferran. Van veure que corria cap on ells estaven. Quan hi va arribar, fatigat i ple de neu, s'abraçà a Irene i es posà a plorar com un infant.

—De poc l'espifiem, Irene —deia fora de si.

El sergent es comunicà amb l'altra patrulla i els manà abandonar la recerca de Ferran.

—Vinga, ja podem marxar —digué.

XIII
Les confessions

Ferran, en entrar a Gandia, encara va veure pertot arreu els mateixos cartells que, en diferents punts del camí, mostraven la confiança dels seus companys envers ell. Quan en companyia d'Irene arribà al jutjat, l'esperava l'advocat que els seus pares li havien buscat.

—Estigueu tranquils —va dir a Ferran i a Irene—, tot acabarà bé. Els teus pares, Ferran, estan amb tu.

Aquelles paraules el van fer tornar a la realitat. Havia passat massa dels seus pares i havia menystingut el seu sofriment. Ara ells li havien buscat advocat i li feien costat. Però no tingué temps de pensar-hi, perquè tot es precipitava.

L'advocat demanà permís al jutge instructor per parlar breument amb Irene i amb ell. El jutge instructor, Melcior Faus, li concedí el permís.

—No hi ha cap prova acusatòria en ferm, sinó proves circumstancials. Els teus amics —va dir a Ferran—, han rectificat la primera declaració i han insistit en la mera circumstància dels fets. Supose que ja deus haver vist el cartells que han repartit d'ací a França —digué.

—Sí.

—Estan amb tu, també.

I els explicà quina havia de ser la seua col·laboració en la solució del cas.

El jutge instructor, en presència de l'advocat, els prengué declaració.

—M'ha de contar vosté, senyor Ferran Pujades, tot el que va veure i va sentir el dia dels fets. Fins que va fugir... Hem de contrastar-ho amb les declaracions fetes per tots els que hi havia presents aquell dia al xalet. El més mínim detall pot aclarir-nos l'assassinat...

Així ho va fer Ferran, ben segur de tot el que declarava. Però el jutge instructor entrà en mínims i capciosos detalls que Ferran mai no havia imaginat. Insistí, bàsicament, a determinar quin mòbil podien tenir ell, Imma o Vanessa per a assassinar Berta, ja que eren els tres que havien abandonat la sala del xalet abans de la mort de Berta. Després insistí igualment a determinar el més exactament possible l'hora en què Ferran havia vist que Imma abandonava la sala, l'hora en què ho havia fet Berta i l'hora, i entorn a aquest detall girava gran part del misteri, en què va veure que Vanessa, presumiblement, saltà la tanca. Perquè, ateses les circumstàncies, cap dels seus amics i amigues havien sabut determinar el temps exacte d'aquestes absències.

—Vosté assegura que no tenia cap mòbil ni cap raó per a assassinar Berta, perquè l'estimava —recapitulava el jutge instructor—. I ignora per què ella havia deixat de dirigir-li la paraula feia unes setmanes. Que s'assabenta que ella està embarassada quan Irene li comunica que les seues amigues han sentit la notícia en la televisió. Diu que Imma estava per vosté, que li havia muntat escenes de gelosia fins i tot davant de Berta, i que el mateix dia dels fets torna a insistir i que li diu que Berta està canviant i si vosté s'ha fixat en els seus llavis.

Ferran corroborava amb afirmacions de cap cada punt que el jutge instructor anotava.

—Però no creu que haja estat suficient perquè ella posara fi a la vida de la seua promesa. Sospita que la cocaïna que hi havia al terra podria ser de Vanessa, sobre la qual hi ha rumors que pren droga...

—Només són rumors —assegurà Ferran.

—Efectivament, ella ho nega... Ara mirem l'hora dels fets: vosté veu que Imma abandona la sala. Vosté fa l'acció d'anar cap on era Berta i recula. Seu i tanca els ulls. Els torna a obrir i s'adona que Berta no és al lloc on l'havia vista abans. Tot plegat, creu vosté, uns quatre o cinc minuts. Observa si és entre els seus companys, entre mig i un minut, i no la troba. Es mira el rellotge i veu que són les vuit i vint —recapitulava el jutge instructor—. I tres minuts després de les vuit i vint veu saltar la xica de la camisa beix i cabells llargs per la tanca, detalls que coincideixen amb els de Vanessa; res més, perquè vosté no gosa identificar-la. Vosté tarda encara un minut a decidir d'anar als lavabos a veure què passa. I des que vosté abandona la sala fins que arriba als lavabos tarda uns vint segons. O siga, que vosté descobreix el cos de Berta, aproximadament, a les vuit i vint-i-quatre minuts i vint segons.

—Més o menys —corrobora Ferran.

—Vol dir que feia, també aproximadament, uns deu minuts que Imma faltava de la sala.

Ferran ho corroborà amb el cap.

Una hora més tard el jutge instructor interrogava de nou Vanessa.

Va posar l'arracada damunt la taula i preguntà si aquella arracada era seua. Vanessa no era ximple. Sabia que les amigues havien declarat al jutge com era l'arracada que duia el dia de l'aniversari de Teresa. Es va fixar en la sang que encara hi havia enganxada; sabia que no podia negar-ho. Podia retardar l'acusació, mentre es manava analitzar aquella sang. Però aquella era la seua arracada.

—Vaig eixir davant de Berta de la sala i vaig anar als lavabos —començà a declarar—. Quan estava a punt de prendre'm la droga, hi va entrar ella.

—Per tant, vosté confessa que pren droga.

—Sí, senyor —afirmà Vanessa.

—¿Quant de temps va tardar a entrar-hi, Berta? —demanà el jutge.

—Diria que tres minuts. Venia bastant borratxa. No solia beure i aquella vesprada havia begut massa, no sé per què. Bé, després m'ho va dir... Em digué que necessitava aquella ratlla, que jo estava a punt de prendre, perquè es trobava fortament desesperada. «També m'hi trobe jo», li vaig contestar. «Tu no estàs embarassada com jo, idiota!», em xisclà.

—Aleshores, ella li confessà que estava embarassada.

—Sí...

—Vosté n'era sabedora abans que ningú...

—Sí.

—¿No va insinuar ella que Ferran també ho sabia?

—No, senyor. Més aviat, tal com ho va dir, li ho amagava.

—Continue.

—Hi hagué una disputa per aconseguir la droga. Crec que li ho va fer l'alcohol, perquè estava desconeguda. Com que no me la deixava prendre, i em va posar histèrica, la vaig agafar dels muscles i sense adonar-me'n, la vaig colpejar contra la paret...

—¿Assegura que ho va fer sense adonar-se'n? —digué el jutge instructor.

—Vull dir que em trobava en un estat que la vaig colpejar sense voluntat de matar-la... Em trobava que no dominava els nervis. Ella es defensava com podia, perquè anava beguda, i en un d'aquells moviments m'arrancà l'arracada de l'orella, i em va esgarrar el lòbul. Però tampoc no em vaig adonar del detall, tan excitada com em trobava... Aquest va ser l'error més gran que vaig cometre, ho sé...

—I... —digué el jutge, demanant a Vanessa que continuara, perquè ella semblava reviure els fets i havia entrat en un gran estat d'excitació.

—En un dels colps, perquè no sé quants vaig arribar a pegar-li'n, Berta em va caure de les mans i la vaig deixar a terra. En la paperina no quedava droga, havia caigut a terra, també. Berta no donava senyals de vida. Tement que era morta, vaig fugir corrents, tota espantada. Em vaig adonar que duia la paperina a les mans i la vaig soltar al jardí. Va ser el segon error. Vaig saltar la tanca, perquè si eixia per la porta em podien veure per la finestra més gran. La finestra posterior, per on es veia un tros de tanca, era més petita... Això és tot.

—¿No recorda si hi havia algú a l'interior dels vàters o si hi va sentir cap soroll, una tos...?

—Els dos vàters tenien la porta tancada, ho recorde, perquè m'hi vaig fixar. Però no vaig mirar dins. No ho sé...

El jutge instructor guardà silenci. Vanessa era bonica, morena de cabells i els ulls d'un verd com la mar de setembre.

—Només du problemes, la droga, jove —mormolà.

Vanessa va callar.

—Però Berta no va morir dels colps al cap —li revelà el jutge—. Li van produir uns quants hematomes, tret d'un, el que vosté diu que va ser més fort, que li produí un poc de sang, però no era mortal... Berta morí asfixiada, per estrangulament. Si vosté no ho va fer, algú altre ho va fer... Ens ha de dir tota la veritat.

—Ja li ho he dit. Jo no la vaig estrangular... —repetí Vanessa en un estat emocional que s'acostava en la desesperació.

—I, ¿com és que el metge forense no s'adonà de la ferida del lòbul que li produí l'arracada en esgarrar-li'l? —demanà el jutge instructor.

—Em vaig posar unes arracades amples, que pessiguen el lòbul i m'ho vaig tapar —contestà.

—Un detall que caldrà tenir en compte —comentà el jutge instructor.

Va cridar els dos agents de la policia criminal.

—He de seguir el procediment legal, senyoreta. De moment, i atés que vosté ha reconegut que va estar al lloc dels fets, que va discutir i es va barallar amb Berta Colom, encara que nega que l'haja estrangulada, no tinc més remei, mentre no hi haja proves que demostren el contrari, d'acusar-la de la mort de la seua amiga.

Vanessa obrí uns ulls d'espant. Es resistí que els agents l'emmanillaren. Cridava i cridava que ella no havia estrangulat Berta.

El jutge instructor repassà de nou el sumari. Es va detenir en la declaració feta per Imma. Segons ella, abandonà la sala del xalet perquè s'avorria i es dirigí a casa. No havia anomenat en absolut les paraules que havia mantingut amb Ferran. ¿Per què havia dit a Ferran que Berta havia canviat i si s'havia fixat en els seus llavis? ¿Què hi havia en els llavis de Berta? ¿En què havia pogut canviar ella?

A l'hora del dinar el jutge ho consultà amb la seua dona.

—¿A què creus que podia referir-se? —demanà.

—Els homes no en veieu dos dalt d'un burro —contestà la dona.

—¿Què vols dir? —protestà el jutge.

—¿Que no te'n recordes, quan jo estava embarassada? —digué molesta—. ¿O és que no se m'inflaven els llavis i se m'arrodonia la cara?

El jutge obrí uns ulls com taronges.

L'endemà ordenà a la policia criminal que fera una nova inspecció als lavabos.

—Vull que s'escorcolle cada milímetre quadrat, amb preferència, l'interior dels dos vàters —ordenà. Perquè havia tingut una intuïció.

Feta la inspecció, en un dels lavabos la policia va trobar fins a tres cabells. Restes d'orí sec, un tros d'ungla i un filet de llana. Hi havia un cabell curt, castany, un mitjà de color negre i un de llarg i ros. Cap d'ells pertanyia a Berta o a Vanessa. El jutge instructor recordava els cabells de la xica que juntament amb Vanessa havia abandonat la sala del menjador del xalet. Arrufà la cara en senyal que tot anava bé. Cursà l'ordre perquè acudira immediatament Imma Ballester a declarar de nou sobre el cas de Berta Colom.

—Vosté assegurà en la seua primera declaració —es dirigí el jutge a Imma, que es mostrava molt serena— que abandonà la sala del xalet cap a les vuit i deu o vuit i quart, fet que és coincident amb la declaració de Ferran. Però assegura que es dirigí a casa directament.

—Sí, senyor.

—¿Va mantenir vosté algunes paraules amb Ferran aquella vesprada?

Imma va assenyalar el colp. Va dubtar.

—Bé, com sempre.

—¿Què vol dir, com sempre?
—Que si volia ballar —respongué Imma.
—¿Què li contestà, ell?
—Que no...
—¿I vosté, s'hi va conformar?
—Sí, veges quin remei...
—¿Està segura?
—¿Què li ha dit? —saltà Imma.
—Això m'ho ha de dir vosté, senyoreta.
—Que si esperava el seu amor...
—¿Qui era, per a vosté, el seu amor? —insistí el jutge.
Imma es va mirar el jutge. Ell li aguantà la mirada.
—Diga, senyoreta.
—Berta.
—¿Vol dir vosté Berta Colom, la que va ser assassinada?
—Sí...
—¿Què més? ¿Què més va parlar-hi?
—Res més —assegurà ella.
—Jo crec que sí, segons el senyor Ferran.
—Doncs si ell ho diu, ell ho sabrà.
Imma es mostrava cada vegada més esquiva.
—Faça'n memòria —manà el jutge.
—No sé...
—¿No li va dir que ja tornaria, ell, amb vosté?
—Li ho he dit moltes vegades, això...
—¿Encara se l'estima?
—Diguem que sí...
—Sí o no...
—¡L'odie! —respongué ella fora de si.
—¡Quin odi més estrany! Pretén que ell torne amb vosté i l'odia... ¿No és estrany i contradictori? —preguntà el jutge.

—Ara, l'odie, l'odie...

—Diga'm, ¿per què l'odia?

—No li importa...

—Senyoreta, no sap vosté en quina situació es troba... Si no hi col·labora, hauré de ser més expeditiu... —digué el jutge instructor amb energia.

Imma contestà:

—¡És un imbècil, un bord, un fill de sa mare! —cridava.

—Ja veig que l'odia, senyoreta, però encara no m'ha dit per què.

—Ni li ho pense dir...

—Jo sé per què no m'ho pensa dir... Perquè vosté sabia aquella vesprada que Berta Colom estava embarassada... ¡I això truncava l'esperança que vosté tenia de recuperar Ferran!

Imma es quedà pàl·lida. No sabé encaixar ni dissimular l'efecte que li produí aquella declaració del jutge instructor.

—Vosté ho va notar en els canvis que Berta havia sofert durant el mes llarg d'embaràs que duia... Cara arredonida, llavis més grossos. És molt bona observadora, vosté, senyoreta.

El jutge observà la reacció que les seues paraules produïen en Imma. Mostrava sorpresa i astorament. El jutge l'havia agafada en el seu propi parany.

—Vosté, quan va eixir de la sala del xalet, no es va dirigir a casa, senyoreta. Vosté es va dirigir als lavabos. Potser sense cap intenció. Vull dir que vosté no tenia cap intenció de matar Berta. Però mentre vosté es trobava tancada en un dels vàters, hi entrà Vanessa. Poc després hi entrà Berta. Vosté assistí a la discussió que totes dues van mantenir sobre la cocaïna que Vanessa es disposava a prendre. Vosté continuà callada. Després que Vanessa, segons pròpia confessió, colpejara Berta, la deixara a terra i marxara, vosté va eixir del vàter, va veure Berta inconscient i també la cocaïna a terra. Aleshores va pensar que era el seu moment. Que la culpa recauria en Vanessa. Llavors va estrangular Berta, així feia vosté desaparéixer la seua competidora, ¿no és cert?

Imma suava. Suava tot i la fresca que feia al despatx del jutge, que mancava de calefacció.

—És així com va passar, ¿és cert? —li demanà el jutge.

Imma no reaccionava.

—És així com va passar, ¿és cert? —insistí el jutge.

Imma es mirava el jutge amb els ulls a punt de rebentar-li.

—Vosté abandonà els lavabos abans que Ferran hi entrara. Tot havia quedat ben arredonit...

Imma havia quedat anorreada. Era incapaç de reaccionar.

—Bé, consideraré la seua callada com que ho afirma. Qui calla, atorga —digué el jutge instructor per forçar-la a parlar.

—¿I com ho demostrarà? —balbucejà ella, finalment.

El jutge mostrà el cabell ros i llarg que la policia havia trobat a l'interior del vàter, a terra.

—Jo diria que és com els seus. La mateixa llargada, el mateix color... Només caldrà que n'agafem un seu i que els duguem a analitzar. Si vosté no va estar als lavabos, ¿com justificaria que hi haguera aquest cabell, si resulta que és seu?

Imma emmudí.

—Vosté l'acabà de matar, ¿és cert?

Imma es mirà el cabell. Sabia que no podia seguir mentint. Ho afirmà amb el cap.

—Sí... Quan vaig sentir que estava embarassada, perquè jo només ho sospitava, em va entrar un atac de gelosia. Vanessa abandonà els lavabos. Vaig eixir de seguida. Vaig creure que Berta era morta, però obrí els ulls per un moment. Vaig veure la cocaïna i l'arracada de Vanessa en terra. És quan ho vaig veure clar. Tothom sabia que Vanessa prenia cocaïna. Seria fàcil culpar-la de l'assassinat. Vaig prémer el coll de Berta. Sentia un gran plaer, mentre li'l premia. Després vaig agafar l'arracada que hi havia en terra i la vaig posar a la mà de Berta...

Imma revivia aquells moments. Pels seus ulls terriblement oberts passaven aquelles escenes tràgiques d'aquell final de vesprada.

—I, ¿per què la va posar vosté en la mà esquerra de Berta? —demanà el jutge.

—¿Per què?... —repetí ella, que no entenia el sentit de la pregunta.

—Sí, per què...

—Doncs perquè la tenia un poc oberta.

—Ja —mormolà el jutge—. Casualment, ho va encertar.

El jutge donà la declaració per acabada.

—Queda vosté arrestada per l'assassinat de Berta Colom, senyoreta.

EPÍLEG

La confessió d'Imma va sorprendre tothom. Tan inesperada reacció va aigualir la trobada de Ferran amb els seus amics, tot i les felicitacions que rebé, per una part, i les excuses que li van trametre.

Ferran els va presentar Irene, que rebé l'admiració de tots per la sagacitat amb què havia actuat i per l'ajuda tan gran que havia prestat a Ferran en moments tan crítics.

—Ara crec que ens convé oblidar-ho —va dir Ferran—. Estàvem tots... Ja sabeu. Potser jo hauria reaccionat igual... Tanmateix, l'interés que vau mostrar per mi després —va dir referint-se als cartells—, crec que us justifica... —va somriure lleugerament.

—No podíem fer menys —digué Martí—. No pots imaginar com han patit els teus pares... També ho vam fer per ells, ¿saps? Hi vam col·laborar tots —recalcà.

A Ferran se li va fer un nus a la gola. En unes dècimes de segon va entendre i copsar tot el que li havia passat insconscientment per alt durant els dies de fugida. Uns amics que havien sabut rectificar i col·laborar, després de reconéixer el seu error; i uns pares que havien patit l'inimaginable, i que a penes si se n'havien queixat... No havia estat sol.

Com va poder, va articular unes paraules:

—Us estic ben agraït —digué.

Els periodistes esperaven Ferran i Irene. Aquella història, que volien ara presentar com a solidària i romàntica, estava destinada a omplir pàgines i pàgines, durant uns dies. Però ni Ferran ni Irene van revelar cap dels seus secrets més íntims. Aquells moments nascuts en la solitud, en la intimitat, viscuts i compartits, i que no importen a ningú més, «perquè fora de nosaltres es poden marcir», pensava Ferran.

Irene es quedà a cals pares de Ferran durant dues setmanes; no sabien com agrair-li la seua col·laboració, ni com pagar-li-ho. Irene va dir que la setmana blanca de febrer, que ja era a dos dies vista, ella i Ferran podien tornar a Sort.

—Crec que tal com ha acabat aquesta història, ens ho mereixem —digué.

Els pares de Ferran, no s'hi van negar. També pensaven que amb uns dies fora de casa, els fets s'oblidarien amb més rapidesa. De manera que aquell cap de setmana Ferran i Irene tornaren a Sort. I van visitar Enviny i s'hi van quedar uns dies. Ara aquelles muntanyes, nevades, aquelles obagues, tenien un rostre nou.

—Ara sí que podrem disfrutar d'aquest paisatge que tant t'encisa i de la neu. Està tot ben nevat... —exclamà Irene quan ja tenien Sort a les portes.

No els calgué anar enlloc més. Enviny i Sort. Les muntanyes nevades, els llacs glaçats, la neu, protagonistes callats del seu amor. Perquè les flames, a la caseta d'Enviny, mai no estaven apagades.

Borriana, setembre 1995

ÍNDEX

Del mateix autor

L'illa del faraó
de Joan Pla
ISBN: 84-7660-313-4
«Espurna», 30

Eduard és víctima d'un atemptat terrorista durant el viatge de fi de curs. Després que reïx de les greus conseqüències que ha patit, es proposa refer la seua vida, abandonant els estudis, i viure intensament. Però un vell pescador li confiarà dos secrets ben guardats. Aquestes revelacions i l'amor indestructible de Meritxell el sumergiran en unes aventures trepidants que li faran capgirar tots els seus propòsits.

Del mateix autor

Només la mar
ens parlará d'amor
de Joan Pla
ISBN: 84-7660-437-8
«Espurna», 41

El jove Sergi, fill de Maria i Sergi en *Mor una vida, es trenca un amor*, i Laura, la filla d'un industrial, conviuen durant la infantesa, però se separen quan ella és internada en un col·legi religiós. Anys després, quan es retroben, l'amor esclata entre ells amb força arrabassadora. Els pares de Laura fan tots els possibles per apartar-la de Sergi, però tothom sap que les barreres no estan fetes per als amants si l'estima és sincera. I l'amor de Sergi i Laura, com també ho fou el dels seus pares, és inajornable.

Del mateix autor

El misteriós punyal del pirata
de Joan Pla
ISBN: 84-7660-036-4
«Espurna», 3

Els amics de la colla, després d'una forta tempesta, veuen aparéixer el fantasma d'un pirata als peus de l'arc iris. En alta mar troben una botella i, dins, un pergamí amb un punyal dibuixat; un punyal com el que Barto recordava haver vist al museu municipal... Però, quan hi acudeixen per comprovar-ho, el punyal ha desaparegut. Què hi ha darrere del missatge del pergamí? Qui és el pirata i què vol? Els amics de la colla es posen en acció per investigar aquest misteri.

Del mateix autor

La secta del Graal
de Joan Pla
ISBN: 84-7660-068-2
«Espurna», 6

En ple mes d'agost, mentre es fa la vetla del Sant Calze, dues persones, pistola en mà, entren a la capella on es guarda el Sant Calze i el roben. Ricard, un dels custodis, en companyia del seu pare, d'Empar, la seua promesa, i d'Enric, un estudiant de COU afeccionat a la tasca detectivesca, decideixen investigar pel seu compte.
Les indagacions els duen fins a Bayreuth, un poble de Baviera on Wagner havia estrenat feia cent anys, la seua gran òpera *Parsifal*.